Obras de Fernando Aramburu
en Maxi

FERNANDO ARAMBURU
LAS LETRAS ENTORNADAS

MAXI
TUSQUETS
EDITORES

El papel utilizado para la impresión de este libro es cien por cien libre de cloro y está calificado como **papel ecológico.**

1.ª edición en colección Andanzas: enero de 2015
1.ª edición en colección Maxi: marzo de 2016

© Fernando Aramburu, 2015

Adaptación de la cubierta: Maxi Tusquets / Área Editorial Grupo Planeta

Ilustración de la cubierta: © F.A. a la edad de ocho años en el banquete de una boda. Archivo familiar del autor

Fotografía del autor: © Cecilia Pape

Diseño de la colección: FERRATERCAMPINSMORALES

Reservados todos los derechos de esta edición para
Tusquets Editores, S. A. - Av. Diagonal, 662-664 - 08034 Barcelona
www.maxitusquets.com

ISBN: 978-84-9066-216-8
Depósito legal: B. 1.248-2016
Impresión y encuadernación: EGEDSA
Printed in Spain - Impreso en España

Índice

Con certezas, el estilo es imposible: la preocupación por la expresión es propia de quienes no pueden dormirse en una fe. A falta de
apoyo sólido, se aferran a las palabras —som-
bras de realidad—, mientras los otros, seguros
de sus convicciones, desprecian su apariencia
y descansan cómodamente en el confort de la
improvisación.

E.M. Cioran, *Silogismos de la amargura*

1
Un niño en San Sebastián

Yo ceno a las siete. Después de la cena me consagro a la lectura. Tiempo atrás hacía una excepción los jueves, debido a que dicho día de la semana, a lo largo de once meses, mantuve la costumbre de visitar al Viejo. Nos acomodábamos en un ático donde se albergaba su copiosa biblioteca. Hasta que él se fue a vivir a otra ciudad por un problema grave en la estructura de su casa, nos dedicábamos a conversar por espacio de dos o tres horas sobre escritores, libros y asuntos culturales en general. De paso compartíamos alguna que otra botella de buen vino.

El Viejo se definía como un disfrutador. Mi oficio, disfrutar serenamente; mi filosofía, cualquiera que postule el disfrute sereno, afirmaba. Sólo admitía como tales los placeres compatibles con el ejercicio de la inteligencia, aquellos que no le alteraban el sueño y a los que él, al revés de lo que sucede con las adicciones, podía poner fin a voluntad.

La primera vez que lo visité me dijo que poseía una bodega de alrededor de ciento cincuenta botellas de vino selecto. Mientras me la mostraba en compañía de su asistente, me hizo un recuento minucioso de las maravillas líquidas repartidas por los botelleros. El Viejo juzgaba improbable que lo autorizaran a cruzar con semejante cargamento la frontera del más allá. A sus setenta y nueve años, seguro de estar agotando el cupo de sus días, creía llegada la hora de vaciar por vía oral la estupenda colección de caldos y me pidió, al poco de conocernos, que lo ayu-

dara en la tarea. Con tan eficaz señuelo me atrajo a su casa, si bien lo que motivaba principalmente nuestros periódicos encuentros era la compartida pasión por la literatura. Debo, no obstante, añadir que, en lo que a mí respecta, el vino no estaba de más.

Manifestó curiosidad por saber cómo había surgido en mí la vocación de escritor, conjeturando que quizá me había predispuesto a ello el ambiente familiar, de la misma manera que a tantos otros la presencia en casa de una biblioteca los había empujado a tomarles afición a los libros a edad temprana.

Le dije que, si atendemos a la suerte que solía corresponderles a los de mi clase social por los tiempos en que fui joven, es raro que yo no haya terminado desempeñando algún oficio que requiriese maña pero no cultura. El destino debió de cometer un despiste al ocuparse de mí.

El Viejo se interesó entonces por mi infancia y, como tenía hecho trato con él de expresarle por escrito, sin los inconvenientes de la improvisación, mi idea particular de tantas cosas relacionadas con mis actividades literarias, le prometí que el jueves siguiente traería escrito un texto sobre la cuestión. Y tal como se lo prometí, lo hice. Se lo leí en voz alta porque andaba él desde hacía un par de años mal de la vista, y este es el texto:

Nací en la maternidad de la villa San José, en el barrio de Ategorrieta de San Sebastián. El vocablo *villa* acaso evoque sonoridades de alta alcurnia, pero lo cierto es que el centro estaba asignado al Seguro Obligatorio de Enfermedad. Mi madre, que muchos años después no recordaba dónde me había dado a luz, decía que en un sitio con monjas donde no había que pagar.

La fecha de mi nacimiento fue el 4 de enero de 1959, domingo, a las tres de la tarde. El azar me hizo paisano de personas que consideran una especie de privilegio estar domiciliado en la susodicha ciudad. La bahía, las playas, la comida..., dicen.

Quizá de niño también me rozó el orgullo localista. En todo caso se trataba de un orgullo asumido sin mucho convencimiento, más que nada por contagio de algunos que lo sentían con fuerza. En cuanto a la época, asentada y victoriosa la dictadura del general Franco, para la gente de mi condición (vivíamos del sueldo de mi padre, obrero fabril) no me parece ni privilegiada ni digna de suscitar orgullo.

Lo que sí me gustó y me sigue gustando, como a Pío Baroja, es haber nacido cerca del mar. Me sorprende que él hable en sus memorias de augurios de cambio en relación con el paisaje marino. Se me figura a mí que cambian las ciudades, los campos sometidos a la acción humana, y que los habitantes de todo eso, con el tiempo, también son distintos. Pero el mar, por mucha ola que vaya y venga y por mucho barco que lo surque, es siempre el mismo. Al menos esa es la impresión que yo tengo en cada uno de mis regresos. Adoptando la debida perspectiva uno puede ver exactamente lo que veía de niño y lo que vieron nuestros antepasados. Tierra adentro, excepción hecha de los astros, esto ya resulta más difícil.

A mí el mar me servía de orientación. De joven viví por espacio de tres años en Zaragoza. Nunca dominé la ciudad. Hasta el último día necesité de un plano para llegarme con éxito a ciertos lugares. Hoy vivo en Hannóver y me ocurre lo mismo. En San Sebastián ni siquiera siendo niño pequeño me perdía. Cualquier rincón, por escondido que estuviera, ocupaba un sitio con respecto al mar. Podrían haberme soltado con tres o cuatro años en un punto para mí desconocido de la ciudad y habría vuelto solo a casa.

El mar era también un olor agradable que se respira por las calles. Era baños y fútbol playero. Era pesca con caña, paseos en bote y la prueba (aquí le doy la razón a Baroja) de que el mundo contiene hartas más cosas de las que le ofrece a uno la rutina diaria. El mar parece invitarnos a no aceptar ataduras, a descubrir tierras remotas y perder de vista los semblantes y las costumbres de siempre. Implica, es cierto, una idea particular de la libertad.

Toda mi infancia y gran parte de mi juventud transcurrieron en un barrio humilde de las afueras, de esos que no salen nunca en las postales. Las ventanas de mi casa daban directamente al campo. Con frecuencia, acodado en el antepecho, me entretenía mirando al casero segar la hierba con su guadaña. El casero, en los días de lluvia, llevaba un saco puesto a modo de capucha sobre la cabeza. Cargaba la hierba en un carro tirado por un burro al que arreaba unos palazos de miedo.

En mi novela *Años lentos* figura esta breve descripción del lugar: «Allí, en una explanada entre colinas, se apiñaban unas casas blancas, de hasta tres pisos las más grandes, que respondían al nombre de grupo Zumalacárregui y formaban parte del barrio de Ibaeta. Eran viviendas de gente proletaria construidas años atrás bajo los auspicios de la Obra Sindical del Hogar y Arquitectura. Cosa del régimen de Franco, pues, como lo confirmaba una placa de cemento a la entrada del barrio, donde campeaba el símbolo del yugo y las flechas».

El barrio rebosaba de niños. No era insólito formar equipos de fútbol de veinte contra veinte. Se jugaba en cualquier espacio libre alrededor de las casas, a veces usando los postes de los tendederos como porterías. Con frecuencia reventaba un cristal o saltaba una maceta por los aires como consecuencia de un balonazo; a continuación salía una vecina a dar gritos y se armaba un revuelo de mil pares, en ocasiones con intervención acalorada de los adultos. El casero, cuando le caía el balón en la huerta, se lo quedaba. En el fondo era un cobardica. Cuando se le acercaba con pasos resueltos el padre de cualquiera de los niños, refunfuñaba en defectuosa lengua castellana y soltaba el balón.

Las niñas se arracimaban por así decir en los márgenes. Formaban igualmente un enjambre populoso. Hasta bien entrada la década de los sesenta poca gente tenía televisor. Se conoce que muchos matrimonios, a falta de otras diversiones y de la píldora anticonceptiva, se dedicaban con sostenido empeño al aumento de la población. Había casos de familias numerosas que vivían con ostensible estrechez. Otros, mejor o peor, comíamos a diario y nos bañábamos una vez a la semana.

De niño uno entraba en multitud de casas ajenas, especialmente en aquellas donde moraban los compañeros de juego. También en otras donde vivía gente con la que la propia familia se llevaba bien. No recuerdo un solo piso donde hubiera una biblioteca. En vano busco en mi memoria las notas de un piano pulsado por los dedos de un aprendiz. El trabajo determinaba los modos de vida. Había un deseo común de esforzarse para que los hijos crecieran sanos y fuertes, y de mayores lo tuvieran más fácil en la vida. El nivel cultural medio de los habitantes del barrio era bajo. Nos reíamos de una vecina que decía *con ti, con mí;* pero lo cierto es que la gramática no sufría quebrantos menores en nuestras bocas.

No he olvidado el día en que fuimos mi madre y yo a llevarle no sé qué a mi padre a la fábrica. Por entonces, en lo que dio en llamarse *años del desarrollismo,* había mucho trabajo. Mi padre era operario en Artes Gráficas Valverde, que por aquellos tiempos se albergaba en un edificio del barrio de Gros. Operario suena menos crudo que obrero, pero es lo mismo. Con frecuencia metía horas extraordinarias y los sábados traía a casa el sobre, como denominábamos entre nosotros a sus ingresos. Lo entregaba intacto a mi madre para que ella administrase el contenido. En cierta ocasión, a mi madre se lo robaron. Estando en el Bulevar con mi hermana alguien le dio el típico achuchón, introdujo subrepticiamente la mano en su bolso y le birló el sueldo completo. Yo aún no había nacido. Para mi padre el hurto supuso una semana de trabajo en vano, con jornadas que a menudo se alargaban hasta las doce horas. Compensó la pérdida renunciando a las vacaciones. Para el resto de la familia aquello fue como quedarse sin suelo bajo los pies.

Visitamos, como decía, a mi padre en la fábrica. Y allí estaba él, en un sótano oscuro, con su mono de trabajo y el agua hasta los tobillos, ya que por lo visto acababa de producirse la rotura de una tubería. A su lado, una máquina de grandes proporciones producía un ruido infernal, un chaca-chaca continuo que castigaba sin piedad los tímpanos. Hasta la entrada, desde donde le hablábamos, trascendía un olor penetrante a resmas de papel, a tinta y moho, y yo, que no tendría más de seis o siete años, me grabé bien grabada en la memoria aquella imagen que comportaba una lección. Mi padre, que era un hombre bondadoso, dotado de un gran sentido del humor y de una generosidad sin límites, me aportó el mejor ejemplo posible de lo que a toda costa convenía evitar en la vida.

Con los medios escasos de que disponíamos aún me cuesta creer que años más tarde me fuera dado esquivar la suerte a que, por mi nacimiento humilde, estaba probablemente destinado. A mí me sacaron del pozo los libros y el estudio del idioma. No tardé en aprender dos cosas: una, a no fiarme de los señoritos revolucionarios que viven como reyes y lavan su mala conciencia disfrazándose, cuando lo pide la ocasión, con monos de trabajo; y dos, que en cualquier modelo de sociedad el hombre sin cultura se lleva siempre la peor parte, si es que se lleva algo.

Va para media docena de años que saludé en un bar de San Sebastián a un viejo conocido de la infancia, convertido en un señor respetable con hijos y canas. «Los chavales de nuestra edad», le dije en un momento de la conversación, «éramos bastante salvajes.» Me corrigió sin vacilar: «Muy salvajes». Le mostré una cicatriz. Podía haberle mostrado otra, pero el lugar donde nos hallábamos no me pareció a propósito para subirme la pernera de los pantalones. Él me mostró una de sus marcas. Se acordaba sin rencor de quien se la había hecho.

Nos pasábamos el día en la calle, lo mismo si llovía como si no. A poca distancia empezaba el monte con sus castaños, sus cerezos, sus manzanos, sobre los que, llegado el tiempo de la fruta, caíamos como bandadas de langostas. Nos gustaba construir cabañas con troncos y ramas, y fumar allí a escondidas y simular que vivíamos como en los tiempos prehistóricos, independientes de nuestros padres.

Me veo una y otra vez con las piernas arañadas, con postillas en los codos, con los brazos ortigados. Una vez que volví a casa cubierto de barro, mi madre me regañó. Un tío mío, navarro, que estaba de visita y era padre de un hijo con una deficiencia grave en el corazón, la paró en seco: «¡Eso es salud!», repetía poseído de un violento sofoco. Mi madre hubo de admitir que su hermano tenía razón. Me recuerdo raras veces enfermo. Magullado sí, cada dos por tres, siempre delgado, siempre en movimiento, como el resto de la chiquillería. En el barrio se podían contar con los dedos de una mano el número de niños obesos.

Había una fascinación entre los chavales por la confección y uso de armas. En primera línea, los tiragomas. Quien sabía hacerlos se sentaba en el centro del corro y los demás aprendíamos por imitación. Los tiragomas se usaban para cazar pájaros, romper botellas, tumbar latas viejas. Las guerras a pedradas se despachaban a pelo. Confeccionábamos asimismo lanzas y arcos con palos de avellano, así como espadas con cualquier material. Abundaban las pistolas de juguete. El equipo de vaquero se completaba con las correspondientes cartuchera y cinturón, y quien se lo podía permitir, con un sombrero.

Las pedreas eran tremendas. De cuando en cuando juntábamos piedras en lo que más tarde sería el frente de batalla. Reunida la munición, dábamos la vuelta al barrio salmodiando: «¿Quién quiere guerra?», y si nadie la quería la provocábamos arrojando los primeros proyectiles a las otras pandillas. La cosa bien podía terminar con algún que otro punto de sutura. Tengo muy presente el sonido, la sensación del impacto y el dolor, acompañado de una especie de estallido dentro del cerebro, cuando a uno le daban una pedrada. En los días posteriores se ajustaban en privado las cuentas pendientes de la manera que se deja imaginar.

De vez en cuando, una secuencia de sonidos interrumpía los juegos, las peleas, las conversaciones, y originaba una veloz riolada de niños y mayores hacia el borde del barrio, por donde transcurría la carretera nacional 1 Madrid-Irún. Me refiero al chirrido de neumáticos y al subsiguiente estruendo de cristales y carrocerías destrozados. Menudeaban los accidentes de tráfico. Recuerdo uno horripilante, un domingo por la tarde, en el que murieron dentro de un coche tres vecinos del cercano barrio de Añorga. La gente que se había acercado a ayudar metía los cuerpos en vehículos particulares con la idea, supongo, de que los llevaran sin pérdida de tiempo al hospital. Un día, a la vuelta del colegio, vi en el asfalto un cuerpo cubierto con una manta. Decían que era una chica empleada en la fábrica de chocolate Suchard.

A mi padre le tocó en el 66. Venía un jueves por la noche con su moto de la sociedad gastronómica, bastante nublado de alcohol; avanzó hasta media carretera, donde había una franja estrecha para detenerse; vio venir dos faros a lo lejos y resultó que no estaban tan lejos como él pensaba. El coche, de matrícula alemana, lo arrolló. Ahí terminaba su recuerdo. Estuvo nueve meses de baja en el hospital. Le salvaron la pierna, pero cojeó hasta el final de sus días.

Tres años después me tocó a mí. Una mañana temprano, camino del colegio en compañía de un primo mío, íbamos hablando, no me fijé y, en lo que luego, en mis pesadillas nocturnas, habría de parecerme un largo, interminable segundo, di de bruces contra el asfalto. El conductor me sacó de debajo de su Renault Ondine. Menos mal que iba despacio. Se me torció el tabique nasal y me quedó partido un incisivo. El dentista me limó el diente roto y los dos contiguos para que se notara menos la melladura. Aún recuerdo el olor a quemado. Como aguanté sin llorar, al final me obsequió con una moneda de cinco duros.

Entrada la década de los setenta, llegaron las excavadoras y los camiones volquetes. En pocas semanas fue allanada una porción considerable del monte. Las ruidosas máquinas trabajaban también de noche. Las moles de roca eran reventadas con barrenos. Es difícil que en la memoria de los vecinos se haya borrado la tarde en que una lluvia de piedras cayó sobre las casas, causando enormes destrozos en las fachadas. Yo estaba, como de costumbre, con otros chavales mirando la zona de la explosión a menos de cien metros. No quiero ni pensar qué habría ocurrido si el grueso de piedras hubiera salido despedido en dirección al grupo de curiosos del que yo formaba parte.

En el 74 ya teníamos frente a la ventana la autopista Bilbao-Behobia, que transcurría por donde tiempo atrás se extendían prados, arboledas y caminos rurales. Por el lado opuesto, el espacio natural que nos separaba del casco urbano se fue cuajando de edificios (de niños no decíamos «vamos al centro», sino «vamos a San Sebastián»). La ciudad terminó creciendo en torno a nuestro barrio. A pesar de tragárselo, en la actualidad este permanece como entonces, aunque con otro nombre y otros vecinos.

Poco antes de los días del desmonte, llegué a casa con un ejemplar del *Lazarillo de Tormes,* en edición económica de la colección Austral, el primer libro que leí en mi vida. Lo tuve que leer por imposición del fraile agustino que impartía las clases de Lengua y Literatura en el colegio Santa Rita, del barrio de El Antiguo, al que yo acudía. Con el tiempo me aficioné a la lectura. Leyendo libros me fui habituando a la serenidad y el recogimiento; pero esto, me parece, es el comienzo de otra historia, de una historia que pone fin a la infancia y dura aproximadamente lo que suele durar la vida de un hombre, según me han dicho.

2

Hacer leer a un niño sin romperlo

Le conté al Viejo que con cierta regularidad, siendo niño, visitaba a mi abuela Juana Goicoechea. Era una mujer grande, de mirada severa y temperamento arisco, viuda desde los días de la guerra civil. Nunca la vi vestida sino de luto. Mi abuela era una casera iletrada de Asteasu, en el corazón de Guipúzcoa. De joven se fue a trabajar a una fábrica de jabones de San Sebastián. En esta ciudad conoció a mi abuelo. Hablaba defectuosamente la lengua castellana. La recuerdo con un punto de agradecimiento por dos razones. Porque fue la persona que me regaló mi primer tablero de ajedrez y porque al término de cada visita me obsequiaba con un duro. Por lo demás, no era pródiga en gestos afectuosos. Vienes por el duro, me dijo alguna que otra vez en tono de reproche. Y yo hacía que sí con la cabeza porque, para qué disimular, iba a verla principalmente por el duro.

A continuación, con la moneda apretada en la mano, bajaba derecho a la librería Angeli, en la cercana calle Matía, del barrio de El Antiguo, y me compraba un tebeo, por lo general, aunque no siempre, de vaqueros: Roy Rogers, Hopalong Cassidy o El Llanero Solitario, que era mi preferido. Estos tebeos fueron las primeras publicaciones que yo leí. Lecturas primerizas, todas ellas voluntarias y gustosas, que precedieron a las impuestas en el colegio de agustinos. El Lazarillo, el Quijote, Los Sueños de Quevedo, Larra, Bécquer y El gran torbellino del mundo de Pío Baroja, en ediciones de la colección Austral, tuve que leerlos a la fuerza a la edad de diez y once años. Con el primero de ellos creí posible aparentar que había cumplido la obligación. El fraile descubrió la triquiñuela y me la hizo pagar con una sonora bofetada. Quizá, durante unos días, puede que durante unas semanas, detesté la literatura.

Más tarde, los vaivenes imprevisibles de la vida me llevaron a ejercer la docencia. Durante veinticuatro años fui profesor de niños y adolescentes en dos colegios públicos de Alemania. Hasta donde fue posible me esforcé por hacerles a los alumnos apetecible la lectura de libros. Sobre dicha cuestión publiqué una vez un artículo en un periódico español. Me ofrecí a leérselo otro día al Viejo. Estuvo él de acuerdo y así lo hice.

No oigo voces que argumenten contra la obligación que tienen los niños de asistir al colegio. Les guste o no, se aburran o se diviertan, lo cierto es que cada día laborable, a hora temprana, los pequeños han de abandonar la placidez de sus camas para congregarse en un edificio de su localidad o de una localidad vecina donde un equipo de adultos se saca un sueldo asignándoles actividades que, con frecuencia, acabada la jornada escolar, se prolongan en forma de deberes para casa.

La ciudadanía democrática, tolerante y votadora no sólo acepta la imposición; incontables familias se avienen a costearla cada mes arreándole un tajo al presupuesto doméstico. Se deja imaginar que la obligación diaria de acudir a las aulas comporta la de hacer algo provechoso en ellas. Por lo regular, los padres admiten sin reservas que sus hijos se ejerciten en el manejo de los números. Les parece bien que agreguen al idioma vernáculo el conocimiento de otros. Que sepan un poco de animales, de leyes físicas, de Grecia y Roma. Que brinquen y corran al compás de un silbato. Pero... ¿leer a la fuerza un libro de literatura, el *Quijote* y esas cosas? Ah no, eso sí que no, pues no faltaba más. Leer a la fuerza es una aberración. Hasta los mismos escritores de ahora lo dicen cuando se arrancan a opinar en los periódicos.

Tenía razón Borges: lo que tomamos por realidad acaso sean ficciones que alguien sueña. Su Aleph, sin ir más lejos, a mí no me ha parecido hasta hace poco más fantástico que la extraña circunstancia de que en la casa de un menor de edad existiera un artefacto llamado biblioteca paterna. Los primeros libros que entraron en mi hogar fueron los trece o catorce que un profesor despótico me mandó leer y que, por falta de un mueble adecuado, yo guardaba dentro de un cajón. Así de simple. Me vienen, en consecuencia, ráfagas de agradecimiento, por más que me siga mereciendo rechazo el método punitivo que el docente empleaba para poner a sus alumnos en contacto con las joyas mayores de la literatura española, de paso que les abría una primera puerta de acceso al conocimiento de la lengua alta.

La imposición de la lectura, por sí sola, no hace lectores, de la misma manera que un niño arrojado al mar no se convierte al instante en nadador. Sin embargo, es innegable que una vez dentro del agua aumentan las posibilidades de aprender a nadar. Alguien podría decir que también de ahogarse. Es verdad. Un educador digno de tal nombre no debería por ningún concepto admitir el perjuicio psicológico derivado de los malos tratos ni fomentar el odio hacia los bienes culturales que le han encargado transmitir. Pienso por ello que a la imposición debiera confiársele una misión educativa de rango menor. Bastaría con que alentase la conciencia del deber donde no la hay y que lo hiciera apelando exclusivamente a la responsabilidad de los educandos, a fin de ayudarles a superar la resistencia a emprender actividades cuya necesidad se presenta poco o nada clara ante sus ojos. «El ingenio», decía el Lazarillo, «con la hambre se avisa.»

El exceso de bienestar, quién lo ignora, estimula la indisciplina y la pereza. Se me hace a mí que la causa principal que aparta hoy día a tantos niños de la lectura de libros no es la televisión, como se afirma con frecuencia. Más culpa les hallo a la demasiada comodidad y a las panzas repletas.

Cumplidos los catorce, pasé de un colegio de agustinos a otro regentado también por eclesiásticos, pero con mejor ventilación en todos los sentidos de la palabra. Aún vivía Franco, aunque ya le quedaba poco. En el nuevo colegio, un sacerdote sin sotana despertó en algunos discípulos el gusanillo de leer. Este (Pedro María Manchola se llamaba), experto en el arte de la motivación, fue por así decir el hombre que en materia literaria nos enseñó a nadar. No le hizo falta echarnos por la fuerza al agua. Todos los días nos rociaba con unas gotas de agua tibia. Eso y algo de paciencia sabia obró el prodigio.

Sentado siempre a la mesa debido a una dolencia de sus piernas, don Pedro tenía costumbre de abrir un ejemplar de *Juan Salvador Gaviota*, de Richard Bach, y leer unas cuantas páginas en voz alta. Era un rito que él llevaba a cabo hubiera o no silencio en el aula. No le faltaban dotes de intérprete, las suficientes para sacar de la modorra a aquella piña de muchachos embarrados. Recuerdo que cambiaba a menudo el timbre de voz. Ciertos pasajes los acompañaba con gestos súbitos de entusiasmo, o de melancolía, o de no se sabía muy bien qué. En ocasiones se quedaba unos instantes callado mientras dirigía la mirada misteriosamente hacia algún punto impreciso por encima de nuestras cabezas.

Jamás le oí ensalzar la lectura en función del placer, como se estila hoy día. Con sagacidad didáctica, don Pedro se abstenía de colocar los libros a la misma altura de estimación que las expansiones habituales de los adolescentes, guardándose de establecer una competencia de actividades que sin duda hubiera redundado en detrimento de las que requieren concentración y sosiego. Su truco era tan sencillo que no parecía truco: convirtió la lectura en una experiencia compartida. Nos tronchábamos de risa oyéndole referir pormenores, a veces picantes, casi siempre graciosos, de las novelas leídas por él recientemente. Le gustaba prestar libros y, otro día, daba la palabra en clase a quienquiera que los hubiera leído, pidiéndole, eso sí, que por favor no contase el desenlace por si a algún alumno le apetecía leer la misma obra. La dirección del colegio tuvo la feliz ocurrencia de situar en la sala de juegos una estantería con libros. Cierto día sorprendí a un compañero ojeándolos con ostensible curiosidad. Se formó al cabo de un tiempo un grupo selecto de lectores. Mi mejor amigo dio en pasarse los recreos leyendo en lugar de bajar conmigo al patio a zumbarle patadas al balón. Empecé a sentirme relegado. Un día elegí a capricho un libro para mirarlo en casa y tratar de comprender a solas por qué aquellos chavales que no eran ni amanerados ni enfermizos se entregaban a una actividad tan lenta, tan silenciosa y poco expuesta al vértigo y los peligros. Mi mano se decidió por un volumen fino poblado de dibujos. Un tonto del haba se mofó de mí por ello. Conque la siguiente vez cogí uno gordo, uno de machos por así decir.

Creo que no hay manera más efectiva de aficionar a un niño a la lectura que poniéndolo a convivir con otros niños lectores. De hecho, los denominados *best sellers* parten de un fenómeno de base psicológica que se produce al generalizarse la sensación inquietante de perderse algo bueno y quedar excluido de un círculo de afortunados. El éxito internacional de los libros de *Harry Potter* lo confirma con creces. He visto largas colas de adolescentes ansiosos por adquirir un ejemplar de dicha serie el mismo día de su puesta en venta. No faltaron luego el pelma de turno ni el voluntarioso guía de conciencias que censuraran en los medios de comunicación semejante desmesura consumista. ¿En qué quedamos? ¿No andamos lamentando a todas horas que nuestros hijos leen poco, que no leen nada, que sólo ven la tele, que están pegados al ordenador? Asombra comprobar lo tontos que pueden llegar a ser a veces los inteligentes.

3
Complicidad con el *Quijote*

El Viejo me contó que, por los días en que sus ojos no le ve-
daban el placer de la lectura, había profesado afición a los testi-
monios autobiográficos de personajes históricos y también a los
debidos a escritores de distintas épocas y procedencias. Recorda-
ba una convicción compartida por no pocos de ellos, según la
cual los libros leídos a edad temprana suelen dejar huellas perdu-
rables en los futuros hombres de letras. Quiso a este punto aver-
guar si yo había experimentado algo parecido, esto es, si tenía
constancia de que hubiesen afectado a mi manera de concebir y
practicar la literatura los libros frecuentados por obligación o por
gusto en mi adolescencia.

No conozco, le respondí, instrumento ninguno capaz de me-
dir con exactitud estas cosas. Podría citar unas cuantas obras
maestras de la literatura universal por las cuales me gustaría
haber sido influido. Pero que admiremos un libro no quiere decir
que automáticamente nos influya. Puede incluso que algunos li-
bros malos nos hayan iluminado con mayor intensidad al hacer-
nos conscientes de errores y defectos.

Confesé, no obstante, que mientras escribo mis novelas y
cuentos me dejo a menudo llevar por una propensión gustosa a
establecer vínculos en forma de referencias, de alusiones, de citas
más o menos solapadas e imitación de recursos y detalles, con al
menos dos de aquellos libros que me acompañaron en mis prime-
ras experiencias de lector. Me refiero, añadí, al Lazarillo de

31

Tormes y al Quijote. *Claro que ambos los he leído varias veces desde entonces, lo que me impide datar las reconocibles huellas que me han dejado.*

La infancia en condiciones adversas, la lucha por la vida o la naturaleza del mal son asuntos de los que me he ocupado reiteradamente en mis escritos, sin dejar de atender a otros estímulos temáticos. Pero aquellos que acabo de mencionar los encontré tratados por vez primera en las peripecias de aquel niño menesteroso de buen corazón, que extrajo del desamparo, de los malos tratos y del hambre lecciones útiles para su vida.

En cuanto al Quijote, a fin de no extenderme demasiado y porque ya el delicioso vino de Valdepeñas que en cantidades generosas estábamos saboreando empezaba a nublarme el entendimiento, propuse al Viejo que aplazásemos la conversación para el jueves siguiente, en que yo podría darle a conocer un texto antiguo mío sobre mi relación particular con la novela de Cervantes. Él se mostró al instante conforme y, transcurrida una semana, sobrio y en voz alta, le leí esto que sigue:

Se observa en aquellos frutos de la inventiva humana que merecieron perdurar a lo largo de los siglos una coincidente fuerza simbólica. Vale lo mismo afirmar que el poder corrosivo del tiempo no mermó su capacidad para seguir emitiendo significados. A sus autores los reputan de clásicos; pero esta cuestión tal vez les resulte trivial a quienes están libres del hábito de cerrarse al disfrute de los libros en beneficio de las acumulaciones eruditas. Una invención como la del *Quijote* pervive en la memoria colectiva por su capacidad de entablar diálogos fecundos con las sucesivas generaciones de conciencias.

Sabido es que hay un *Quijote* para cada gusto, para cada temperamento, para cada manía. Hay un *Quijote* vulnerable a las notas a pie de página; hay otro, más grato, para catadores de la prosa antigua. Lo hay para aficionados a las conmemoraciones, para colegiales obligados a leer, para profanos con empeño de cultivarse.

El que yo prefiero fue concebido por su autor como una broma. El acontecimiento del lenguaje al cual denominamos *Quijote* yo lo tengo principalmente por una dilatada, ingeniosa, entrañable burla literaria. Tal pensamiento no pretende menoscabar el prestigio de Cervantes. Ni siquiera constituye una certidumbre. Es apenas una artimaña urdida para fomentar la risa intelectual aun a costa de perderle el respeto a la tradición.

Tanto como un hogar acogedor de las letras universales, el *Quijote* ha significado para mí una complicidad duradera. El propósito de acudir al libro al menos una vez por década contribuyó a ritualizar mis lecturas. Los encuentros periódicos suscitaron una creciente familiaridad afectiva con el protagonista. Tiene el *Quijote* la virtud de representar para los hombres más que literatura.

Con frecuencia me permití, en mis escritos defectuosos, ocurrencias de raigambre cervantina, ni tan ruidosas que se dejaran tildar a simple vista de imitación servil ni tan ocultas y calladas que no las supiera notar el lector avisado. Mi primera novela, *Fuegos con limón*, rebosa de saludos al caballero andante. El libro reúne historias narradas por un fulano ansioso de gloria al que no por casualidad le dan en su casa de comer lentejas un día fijo de la semana; no los viernes, por cierto, para que ningún tasador de la literatura venga luego diciendo que me alimento de ideas rapiñadas. Inserté asimismo en la novela un escrutinio de libros que, si no es por el del cura y el barbero en la librería de don Quijote, no se entendería.

Metí en la referida novela, por honrar y proseguir el humor del caballero, acordándome de aquel pegote narrativo suyo titulado *El curioso impertinente*, una pieza extensa de teatro, un cuento y otras cosillas sin vínculo argumental ninguno con la trama. ¡Las lecciones acerca del arte de escribir novelas que habrían endosado a Cervantes los reseñistas de los periódicos en caso de haberse publicado el *Quijote* en nuestros días! Que si el gazapo del burro de Sancho demuestra impericia; que si el editor debió atajar el desorden de nombres de la mujer del escudero; que si en la primera parte hay historias mal encajadas que rompen el ritmo de la narración y la alargan inútilmente; que si sobran discursos; que si la locura del protagonista adolece de simplismo; que si Cide Hamete Benengeli cumple a rachas la función justificadora para la que parece haber sido creado; que si la estructura del relato es monótona, previsible desde las primeras páginas; que si los episodios resultan inverosímiles y los parlamentos, tediosos; que si el libro ganaría en interés si lo despojaran de doscientas o trescientas páginas y sobre todo si se le suprimieran las bromas facilonas al estilo de Aramburu; que si *La Galatea* estaba mejor resuelta y el *Persiles* mejor redactado; que si este Quijote charlatán y caricaturesco se le ha ido claramente de las manos al novelista, etcétera.

Una cuenta pendiente teníamos los vizcaínos (hoy llamados vascos) con el *Quijote*. Yo bien que se la cobré al valiente manchego en nombre de mis paisanos. Hacía cuatro siglos que nos dolía y agraviaba el golpe aquel de espada a dos manos que nos derribó de la mula y nos puso a sangrar a chorros por todos los orificios de la cara. Conque un día alojé en un extenso episodio de mi novela susodicha a un literato vendehúmos nacido en Alcalá. El zopenco no se expresaba con mayor propiedad que el vizcaíno del entremés; hubo para él, en los campos de la literatura, segunda batalla estupenda, aunque eran como quien dice cuatro puñales y tuvo que sucumbir. Total, que le devolví después de cuatrocientos años el palazo entre las cejas, sazonándolo con un húmedo añadido quevedesco, y al fin lo dejé tirado en el monte. Nunca estuve más cerca de calzar la sombra de Cervantes.

4
La librería Lagun

Buscando entre mis papeles el texto sobre el Quijote, *encontré por casualidad un artículo mío de prensa acerca de la librería Lagun. Le conté al Viejo que yo he sido cliente habitual de Lagun desde la lejana tarde de mi adolescencia en que visité el establecimiento por vez primera. Como el artículo rozaba cuestiones sobre las que habíamos departido los dos en el transcurso de nuestro encuentro anterior, así como de otras que podrían alimentar el coloquio de aquella noche, decidí llevar el texto conmigo por si tenía él interés en que se lo leyese después del consagrado al* Quijote, *como así ocurrió.*

Conté que la librería Lagun fue abierta por María Teresa Castells e Ignacio Latierro el año 1968 en un pequeño local de la Parte Vieja donostiarra. Durante la dictadura de Franco, la librería sufrió diversos ataques de grupos afines al régimen; a partir de los ochenta, el mismo propósito destructivo fue asumido por simpatizantes de la izquierda independentista. En uno y otro caso coincidieron el objetivo de la acción, el método y los instrumentos: rotura de lunas, botellas incendiarias, pintadas amenazantes, lanzamiento de pintura. Los independentistas superaron en saña y constancia a los fascistas; también en el alcance de los destrozos. Llegaron a hacer una pira con libros. Por último, en el año 2000, un comando de ETA trató de asesinar a José Ramón Recalde, esposo de María Teresa Castells, disparándole de cerca a la cara. Lagun cerró. Un año después, la li-

brería reabrió su puerta al público en una zona de San Sebastián menos expuesta a los fanáticos.

Por los días de la quema y pintarrajeo de libros, le pedí a mi madre por teléfono, desde Alemania, que fuera en mi nombre a comprar uno de los ejemplares estropeados, no importaba cuál. La buena mujer acudió sin demora a cumplir mi deseo. Aunque se dio prisa, llegó tarde. Numerosos ciudadanos de buena fe se le habían adelantado.

A mis amigos de Lagun les mostré mi solidaridad y mi afecto en el artículo siguiente:

Tendría yo doce o trece años. Acudía a un modesto colegio regentado por frailes agustinos. Uno de ellos, un burgalés de genio atrabiliario, concibió la idea de obligar a los alumnos a leer un libro cada cierto tiempo. Empezó el experimento por los alumnos de un curso inferior al mío y en el patio nos reíamos de ellos. Luego nos tocó a nosotros. Aún me acuerdo de la hora en que el fraile entró en el aula cargado con una pila de ejemplares. Se ayudaba de la barbilla para sujetarlos. Primero fue el *Lazarillo de Tormes*, después el *Quijote*, *Los sueños* de Quevedo, y así hasta final de curso. Eran sin excepción volúmenes económicos, de la colección Austral para más señas. Hubo quien sufrió tratando de sacar provecho de tan exagerada cantidad de renglones. A mí no me ha gustado nunca sufrir. Conque hacía trampas. Quiero decir que me saltaba páginas y aun capítulos enteros, en las pruebas escritas copiaba a mi vecino de pupitre y esas cosas.

Pero hete ahí que en el curso siguiente un librito me cautivó, un librito con dos títulos que no hubo tiempo de tratar en clase porque lo impidieron las vacaciones de verano. Me refiero al *Romancero gitano* y al *Poema del cante jondo* de Federico García Lorca, que fue el primer escritor al que yo me quise parecer.

El caso es que, alentado por la fascinación deleitosa

que me suscitaban los poemas breves del tal García, tomé la insólita decisión de comprarme un libro, sin que lo supieran los compañeros, claro está, por no darles a entender que me cargaba voluntariamente de tareas escolares ni me dedicaba en mis ratos libres a actividades de dudosa virilidad. Así que, nada, un sábado por la tarde, ya oscuro, fuimos mi madre y yo después de misa a la plaza de la Constitución de San Sebastián, que entonces se llamaba del 18 de Julio, y allí, mientras ella permanecía fuera masticando cacahuetes, yo me metí por vez primera en una librería de verdad. Quiero decir en una librería en la que sólo había libros y no tebeos, cromos coleccionables ni trebejos escolares, que de esas ya conocía yo dos o tres cerca de mi barrio del arrabal.

Estuve cosa de un cuarto de hora dentro del establecimiento manoseando ejemplares de distintos colores y formatos. No entendía de modas ni de corrientes literarias. No conocía a los autores. Me preocupaban más bien los precios. En casa no había costumbre de emplear el dinero en libros. En alimentos, ropa y calzado, sí; pero... ¡en libros! Me punzaba por ello el remordimiento. ¿No estaba tal vez abandonándome a un lujo sobremanera gravoso para las arcas familiares? Transcurrido el tiempo que he dicho antes, volví al soportal y le conté a mi madre que había visto un libro que me gustaba. Se conoce que la ilustración de la cubierta me había causado el efecto de una promesa tentadora. Mi madre se apresuró a preguntarme cuánto valía. Dije que 44 pesetas. Rápidamente añadí que era gordo, en la esperanza de inducirla a pensar que por su peso resultaba bastante barato. Mi madre condescendió, yo entré con el dinero en la librería y salí poco después a la calle con una novela que no conservo. Se titulaba *Tamburas*. Sé que iba de peripecias bélicas de un griego de la Antigüedad, pero he olvidado el nombre del escritor y los pormenores de la trama.

Mi memoria, tan avara en otras ocasiones, ha querido retener con abundancia de detalles mi primera visita a la librería Lagun. Supongo que a la preservación del recuerdo habrá contribuido la circunstancia de que la librería mantuvo su aspecto en el curso de los casi treinta años que yo la frecuenté. Uno se detiene de costumbre (o se detenía, cuando no era necesario el triste blindaje de las persianas) ante los dos escaparates, el de las novedades literarias y el de los libros de pensamiento. Por la luna de este último, desde la calle, se puede abarcar el recinto entero con un solo golpe de mirada. Lagun semeja una habitación. Dos mesas cuajadas de publicaciones recientes se llevan la mayor parte del espacio. Como coincidan nueve o diez clientes dentro, no hay modo de evitar el roce de los cuerpos. Uno entra, hinca el paraguas en el paragüero y nota al instante que le viene al encuentro, con la familiaridad de esos perritos retozadores que se desviven por saludar, la delicia olfativa del papel impreso.

A mano izquierda se levanta un pequeño mostrador con pinta de parapeto. Detrás, embebido en la tarea mientras aprieta un puro entre los dientes, está Ignacio Latierro, cuya silueta laboriosa, vista desde el soportal frontero, es por así decir la marca de fábrica de Lagun. Desde la distancia parece que a Latierro o a Rosa, su mujer, cuando están de turno los han puesto a trabajar en el escaparate.

A las espaldas del mostrador, en el arranque de la

estantería, hay un rincón. En él se encuentra de ordinario la escalera portátil de dos peldaños prevista para alcanzar los títulos apretados en las baldas superiores. En ese rincón se suele alojar de costumbre la sonrisa de María Teresa Castells, que es la dueña y, en cierto modo, el alma del nido. María Teresa es rubia, bajita, de ojos claros y vivaces. A mí siempre me ha parecido una alemana de tamaño reducido. Lo que le falta en estatura le sobra en valentía a esta mujer admirable a quien la maldad de los hombres va camino de convertir en un mito femenino de la resistencia. Sobre sus hombros pesa, entre otras responsabilidades, la de pegar la hebra con el visitante. Porque, eso sí, uno siempre ha ido a Lagun a rajar, a contar y a que le cuenten, y después, de paso, uno se compra libros. El contacto personal, amistoso, con los libreros, con libreros que además leen, vuelve adorables estos pequeños reductos de la conversación, francos de la frialdad comercial que caracteriza a las grandes superficies.

Mi memoria se tiñe de emoción al recordar que Lagun fue la primera tienda que expuso un libro mío en sus escaparates. Qué bobada, podrá espetarme cualquiera con razón; pero, créanme, una bobada importante para el escritor novel que, cumplidos los veintipocos, se estrena en el ejercicio público de la literatura con un fruto primerizo de su esfuerzo y desconoce por completo el privilegio de merecer atención. Allá estaba mi obra juvenil, pobrecilla, en el suelo sembrado de libros, tocando (¡ahí es nada!) a un tomo de poemas de Friedrich Hölderlin. Parado ante la luna del escaparate, yo me complacía a solas en una sensación intensa de nacimiento. Quien haya publicado un primer libro me comprenderá.

A la librería Lagun me vincula asimismo un episodio de mi juventud alocada y contracultural. María Teresa Castells, que a diferencia de mí supo fijarlo en la memoria con copia de detalles, se ha encargado de recordármelo a menudo. Corría enero del 1980. Hacía dos años que una cuadrilla de agitación surrealista, de la cual formaba parte el menda, armaba bulla en los foros culturales, emisoras de radio y periódicos de la ciudad. La cosa atendía al nombre de *CLOC, grupo de Arte y Desarte*. Total, que por causas que no vienen al caso decidimos cerrar la barraca a principios del año susodicho, no sin antes sacar el número 9 de nuestra revista. Consistió este en una primera plana en la que al pie de una ilustración campeaba el lema: PRUEBA QUE NO ODIAS, y a continuación veintidós páginas en blanco destinadas a que el comprador escribiera en ellas lo que le apeteciese.

Convinimos en llevar a cabo una presentación pública de cachondeo. A ese fin trasladamos la idea a Lagun y ellos aceptaron llevarla a cabo con el talante receptivo y abierto que siempre los honró. El acto, improvisado de principio a fin, con todos los circunstantes de pie por falta de asientos, discurrió entre carcajadas y provocaciones al uso; pero mira por dónde tuvo un desenlace insospechado cuando un señor vestido con una gabardina arrugada tomó la palabra para pedirnos en tono patético que por favor no disolviéramos el grupo. Y comoquiera que en su encendida intervención afirmara que las actividades del Grupo CLOC se le figuraban de tal naturaleza que permitían equiparar San Sebastián «con la Atenas de Pericles», a mí me pareció oportuno preguntar si entre los asistentes se hallaba el agente del orden que no debiera faltar en todo acto cultural digno de tal nombre, por si procedía detener al autor de aquellas manifestaciones e incluso a otros, dije, que conchabados con él no habían venido más que a robar libros. Entonces coge el hombre de la gabardina y, en un tono de voz confidencial, casi susurrante, declara medio avergonzado que él era policía municipal. A su alrededor se hizo un silencio de sepulcro.

Ahora, tantos años después, el transeúnte encontrará en ese mismo lugar de la plaza de la Constitución tres persianas bajadas. De una de ellas se alarga hasta el techo del soportal un manchón renegrido, causado por el humo. Es la que cubría el escaparate de los libros de filosofía y ensayo, cuya luna saltó por los aires una noche de 1996, a una hora oscura particularmente propicia para las acciones carentes de nobleza.

A mí me han quedado desde entonces las ganas de conocer personalmente al que arrojó la tapa de la alcantarilla. Es mi filoetarra favorito. De él espera la afición que sus muchas ocupaciones nocturnas no le impidan optar por el cargo de ministro de cultura de la nación de sus anhelos. Y no es que le tenga cariño al tipo. Simplemente excita mi inveterada debilidad estética por los prototipos, en este caso por el prototipo de hombre bruto que, por añadidura, sacrifica sus horas de sueño al logro de un hipotético porvenir de felicidad para la colectividad en que respira. Háganse cargo. A un lado, los pulcros ejemplares de Aristóteles, de Schopenhauer, de Montaigne y compañía; a otro él con la pesada, prosaica, roñosa arma (¿arrojadiza?), el semblante descompuesto como consecuencia del valeroso esfuerzo y toda su masa encefálica, hasta la última biela, trabajando a pleno gas en pro de la causa soberanista, convencido de que el

armatoste de hierro que acaba de arrancar del adoquina-
do (atentos porque ahí hay un principio de inteligencia,
aunque sea en grado elemental), a poco que se objetive
e impulse, puede servir de instrumento para la realiza-
ción de unas determinadas aspiraciones políticas. Euskal
Herria tiene la palabra, decían por entonces los suyos.
Sí, bien, vale, de acuerdo. La pregunta es dónde tiene
Euskal Herria la palabra. ¿Debajo de una tapa de alcantarilla?

5
Terrorismo y mirada literaria

Otro jueves me vino al recuerdo cierto atardecer de febrero de 1984. Por aquella época yo tenía claro que mi destino, elegido voluntariamente, estaba en Alemania. Me apretaba desde la adolescencia el deseo de no vivir donde nací. No soy un árbol, me decía, siempre parado en el lugar donde germinó su semilla. Experimentaba una especie de incompatibilidad estética con el ambiente cultural de la zona. No descarto que hubiera otras razones menos acuciantes. Luego he pensado que aquella impresión, suscitada en un hombre que no había alcanzado la madurez, pudo ser ingenua, incluso errónea. Hoy, con la perspectiva que dan los años, no dudo de mi ingenuidad; pero creo que, al menos en aquella ocasión, hice bien en atender los consejos del instinto.

Cumplidos los veinticinco años, miraba con ojos críticos mi dedicación reciente a la rebeldía. Había pasado una temporada larga suscitando provocaciones, armando escándalos, simulando la locura ocasional y protagonizando desconcertantes y llamativas peripecias en compañía de unos cuantos amigos igualmente dispuestos a concebir la literatura como una forma inusual de acción. Negábamos el mundo en el que comíamos a diario y donde había cine, alcohol y vacaciones. De aquel episodio juvenil, caracterizado por la irreverencia, extraje algunas enseñanzas. Aprendí, por ejemplo, que por muy vanguardista y sonoro que resulte lo que uno emprende, su práctica continuada conduce

47

al automatismo. Hay un fondo de conformidad, de apego a las convenciones, en el hombre que rompe y rompe sin colocar en el lugar de su destrucción algo positivo. Ello se debe a que dicha actitud presupone que otros hayan construido previamente. La conclusión era que nosotros habíamos recibido un legado y transmitíamos a la generación siguiente un montón de cristales rotos.

La lectura de El hombre rebelde de *Albert Camus* afianzó en mí el compromiso de hacerme en todo momento responsable de mis acciones y, en consecuencia, también de mis palabras. Ninguna finalidad noble se consigue generando dolor y muerte en los demás. Quien acumula víctimas encarna el mal. Punto. No me interesan sus justificaciones. Me basta con no cruzarme en su camino. En adelante, mi literatura consistiría, además de en una construcción estética, en un espacio donde albergar mi pequeña y frágil verdad personal. Ningún verso, ningún renglón, saldría de mí sin haber atravesado un filtro ético. Intentaría ser libre sin causar daño.

Recuerdo, como le dije al Viejo, aquella tarde lluviosa y fría de febrero de 1984, ya con el cielo oscuro, en el barrio de Gros de San Sebastián. Horas antes, dos terroristas habían matado al senador Enrique Casas en su domicilio. Un suceso común por entonces que una parte no reducida de la sociedad vasca aplaudía o por lo menos aprobaba. Formé parte de la hilera de personas que presenció la llegada del féretro con los restos mortales del asesinado al local de la Casa del Pueblo. Reconocí entre los portadores a mi librero, Ignacio Latierro, entonces comunista. Y junto a su cara seria las de otros militantes de izquierdas, avezados a la actividad política en la lucha sindical y contra la dictadura de Franco. Me dije mientras observaba a toda aquella gente atribulada: algún día escribirás sobre esto. Ya me lo había dicho otras veces; pero aquella ocasión es la que conserva una presencia más viva en mi memoria. No sabía yo entonces cómo debía llevarse a cabo con garantías artísticas dicha tarea. Y tampoco sabía que, al hacer aquella promesa, estaba renunciando a desligarme por completo de mi país; que siempre estaría unido a su actualidad no sólo por los amigos y los familiares, sino también por el compromiso de oponerme desde la literatura y la opinión personal al terrorismo.

En 2008, la Real Academia Española tuvo la deferencia de otorgar un reconocimiento público a mi modesto esfuerzo literario. Con motivo de la entrega del premio, escribí a modo de discurso una reflexión. Le pregunté al Viejo si le parecía bien que yo se la leyera otro día. Por supuesto, me contestó.

Una tarde sonó un estruendo. Los vidrios de las ventanas retemblaron. El profesor guardó unos instantes de silencio antes de reanudar las explicaciones. Transcurridos algunos minutos, se oyó un ulular de sirenas a lo lejos. Nadie hizo preguntas, todos sabíamos. No era la primera vez que ocurría tal cosa. Por aquel tiempo yo era alumno en un colegio de mi ciudad natal. Sentado a un pupitre, diariamente me ejercitaba en compañía de otros adolescentes en las letras y los números; me familiarizaba con las leyes generales de la Física, con la historia de las naciones, con la técnica del dibujo. No recibí una educación perfecta, entre otras razones porque seguramente una educación perfecta no existe. Pero me transmitieron valores, me beneficié del fomento de ciertas cualidades, aprendí a trabajar en equipo, a compartir, a convivir, a amar la música y los libros. Podría poner más de una objeción a los métodos didácticos empleados; pero, así y todo, albergo la certeza de que las actividades escolares habían sido previstas y eran llevadas a la práctica con el fin de alcanzar un efecto positivo en la formación del educando. Dicho efecto comportaba el respeto al prójimo, a las criaturas de la naturaleza y a las cosas. Asunto diferente era que cada cual pusiese después por obra en su vida privada las enseñanzas recibidas.

Mi formación educativa, como la de cualquier muchacho vasco de la generación precedente y de las ulteriores a la mía, estuvo directamente afectada por el fenómeno de la violencia política. Las calles del lugar no contribuían al cultivo del sosiego. Actitudes estrictamente negativas, nacidas de lo peor del género humano, imperaban con frecuencia en ellas. Allí estaba la escuela del odio con su pedagogía del crimen y su decorado habitual de pintadas amenazantes, humaredas, cristales rotos... Allí la doctrina que, comprimida en consignas, hace imposible el raciocinio libre al tiempo que promueve las obsesiones furiosas del fanático, particularmente cuando este es joven y su natural credulidad y su limitada experiencia de la vida lo hacen más susceptible de fascinarse, de sentir placer, de aspirar a la aceptación entre los de su especie, con las ceremonias de la destrucción. A edad temprana me acostumbré a las lágrimas de los familiares de los sucesivos asesinados. A edad temprana vi muchedumbres que celebraban en la vía pública, con júbilo triunfal, el infortunio ajeno.

El sostenimiento de la violencia a lo largo de tantos años requiere una leva incesante de activistas. Requiere asimismo una cantidad no menos incesante de víctimas potenciales, denominadas en la jerga del terror, con intención deshumanizadora, objetivos militares. En una sociedad sometida a la acción criminal continua, unos ciudadanos viven más seguros que otros, aunque nunca se sabe. Ahora bien, ninguno de ellos queda exento de adoptar una postura, la que sea, ante aquella dicotomía cruel de víctimas y de agresores, y no por nada, sino porque las personas, además de abrigar convicciones, tienen de suyo una tendencia instintiva a perseverar en la existencia. Es verdad que el ciudadano puede cerrar los ojos a la tragedia; no menos verdad es que puede buscar cobijo en la indiferencia, en el recogimiento, en el exilio, y hasta tratar de ocultar o vencer el miedo aliándose con el agresor. Pero el hecho en sí de la violencia duradera y próxima no para de interpelar a cada uno, incluso con independencia de que luego el ciudadano se muestre resistente a responder a las preguntas concretas que le plantea la realidad. En tal sentido, me echo a temblar cuando pienso qué habría podido ser del muchacho que fui, a qué brutalidades y fechorías pudo ser incitado en nombre de una quimera política, de no haber sido educado en la compasión por el dolor ajeno y en el hábito de la lectura, sin la cual es improbable que un ser humano domine el ejercicio de la reflexión matizada, de la comprensión y tolerancia de las ideas ajenas, y les tome gusto a los bienes culturales de la humanidad. Un día escribí: «La gramática civiliza». Me lo afeó un amigo, un buen amigo. La máxima le resultaba demasiado tajante. No tuve inconveniente en darle la razón pues él es un hombre perspicaz y sensible. Pero yo sé sin sombra de duda que fui en buena hora civilizado por el procedimiento antedicho, y me alegro.

Desde el comienzo de mi vocación literaria, aún joven e inexperto (todavía más inexperto que ahora, que ya es decir), asumí el compromiso de dar algún día testimonio escrito de cómo se vivió, se sintió y padeció individualmente el espantoso derrumbe moral de la sociedad en que me crié. De ahí tal vez que, cuando redactaba las distintas piezas de *Los peces de la amargura*, me embargara en ocasiones la sensación, nunca hasta entonces por mí experimentada, no tanto de escribir un libro, a la manera de quien crea algo con sus manos, como de sacarlo de dentro de mí. Se conoce que la obra había ido creciendo sin forma definida en mi interior durante los largos años de forzada cercanía a las atrocidades del terrorismo. Deseo, no obstante, añadir que escribirlo de la manera como después fue entregado a la publicidad supuso para mí no sólo una opción moral asumida voluntariamente, sino también y sobre todo una opción artística. Soy poco inclinado a tratar de conducir al prójimo, mediante artefactos verbales, por la senda de la santidad. No me consta la existencia de un código moral al que hayan de sujetarse los escritores en el desempeño de su labor literaria. Dicho de otro modo, la circunstancia de que un escritor sea un hombre de paz, respetuoso con sus congéneres, no garantiza la excelencia artística de sus obras, como tampoco la excluye el hecho de que él vaya por ahí cometiendo ruindades. Nadie está legitimado para exigir al escritor una conducta determinada, no digamos una determinada fe. Hacer tal cosa obliga al escritor a crear sus obras al dictado. Queda entonces desvirtuado irreparablemente el sentido primordial de su oficio, que no es otro que el ejercicio libre de la palabra escrita. Y un escritor sometido es una de las criaturas más dignas de lástima que se pueda uno imaginar.

En tanto que ciudadano, a un escritor lo afectan idénticos derechos y obligaciones que a los demás miembros de la sociedad. Pero a causa de la posible repercusión de su trabajo un escritor no es, se diga lo que se diga, un ciudadano común y corriente, o al menos no lo es a la manera como sabemos que lo son otros profesionales: el panadero o el dentista, pongo por caso, a quienes no se les hace objeto de reclamaciones morales cuando cuece el uno pan, empasta el otro una muela, por mucho que constituya un valor moral el que despachen bien la tarea por la que se les remunera. Lo cierto es que ni el pan ni el empaste tienen la capacidad de repercutir ideológicamente en las conciencias de los comensales ni de los pacientes. El escritor, en cambio, dispone, si se empeña, de esa capacidad que puede llegar a convertirlo, a ojos de algunos, en un sujeto incómodo, incluso peligroso.

Para empezar, emplea un instrumento, la lengua, de propiedad colectiva, sin el cual está más que probado que el ser humano nunca sabrá definirse a sí mismo ni como individuo ni como elemento integrador de una masa social. El hombre no sabe ser sin lenguaje, una característica suya que lo hace desde la infancia vulnerable a la manipulación y el adoctrinamiento. También el escritor, aunque por falta de perspectiva no atinemos a discernir con exactitud en qué medida, interviene en los hábitos lingüísticos y en los modos de pensar de los ciudadanos de su época y acaso de los del porvenir. Poco puede en apariencia hacer un escritor, con el solo ejercicio de la palabra escrita, para introducir cambios y mejoras en la realidad; pero en su mano está, no obstante, analizarla y reproducirla en sus libros, dejando de ella su descripción particular, sazonada de palabras más o menos perdurables, de pensamientos, de refutaciones, de imágenes y de todos esos recursos con que él elabora comúnmente su arte cuando no le falla el talento.

Tanto como el escritor se encuentra delante de la realidad de su tiempo y toma de ella cuanto juzga necesario o útil para su arte, la realidad se encuentra asimismo delante de él planteándole interrogantes a menudo relacionados con sucesos trágicos o escandalosos. Responder a algunos de esos interrogantes de mi país y de mi época fue la tarea que yo me impuse en los relatos que componen *Los peces de la amargura*.

El libro nació, pues, de la voluntad de dejar un testimonio literario sobre un dolor y un desacuerdo personales: dolor asociado a mi compasión solidaria por las víctimas del terrorismo de ETA, desacuerdo que consiste principalmente en la repulsión sin paliativos que provoca en mí todo género de violencia. Los cuentos que integran la obra no fueron concebidos como una colección de reacciones temperamentales a hechos recientes ni como una suma de reportajes con palabras más o menos embadurnadas de estilo. Una larga rumia reflexiva los precedió, prolongada mientras tuve conciencia de que me faltaba madurez y acaso aplomo para abordar el tema con las suficientes garantías, digamos, artísticas. Esta cuestión es de capital importancia para mí, puesto que yo no puedo ni quiero escribir contra el arte que profeso, el de la ficción literaria, por muy urgentes que sean los asuntos sobre los que en un momento determinado desee expresarme. Dudo que exista una causa noble en el mundo que induzca a nadie a trabajar con descuido.

Escribí, eso sí, de propósito contra los hombres que infieren sufrimiento a otros hombres y contra quienes aplauden sus acciones criminales o las justifican, las trivializan o les restan importancia. Y escribí contra ellos por la vía de mostrarlos, mediante recursos narrativos a mi alcance, en sus hechos y sus palabras. Escribí contra sus excusas políticas, encaminadas a bruñir con una capa de presunto heroísmo lo que no es sino la aspiración de construirse un paraíso social con sangre ajena. Escribí sin odio contra las formas verbales destinadas a propalar el odio, alimento básico del terrorista. Y escribí contra el olvido calculado tras el cual acecha el futuro revisionista, el borrador profesional de huellas, el manipulador de los datos, el negador venidero de cuanto ocurrió.

Pero también escribí, con un deseo positivo de comunicación, a favor del arte de la palabra y, en líneas generales, a favor de todo lo bueno y noble que puede albergar el corazón humano. A favor de la dignidad de las víctimas de ETA, de las víctimas consideradas en su humanidad concreta, intransferible, en modo alguno tomadas como elementos anónimos de una estadística. Me centré en un número limitado de personajes con la esperanza de componer, por medio de diez relatos, un panorama representativo de una sociedad, la vasca, obligada desde hace largo tiempo a convivir con el terror. Di nombres, rostros, señas personales, a los personajes; procuré dotarlos de volumen humano; los coloqué en los escenarios donde transcurre la vida cotidiana de cualquier ciudadano: el hogar, la calle, la plaza, la iglesia, el hospital; y procuré, mientras me esforzaba por acercar sus emociones, sus vivencias a menudo desgarradoras, a los posibles lectores, no incurrir en la retórica del patetismo, ni en la tentación de teorizar, de interrumpir el hilo de los relatos con el fin de tomar de forma explícita postura política. Esa tarea la reservo de costumbre para las entrevistas o las colaboraciones de prensa.

Lo cual, por cierto, no significa que me acogiera a una posición de equidistancia entre víctimas y agresores, actitud que favorece y contenta a estos últimos puesto que comporta una suerte de legitimación (tibia tal vez, pero legitimación al fin y al cabo) de sus actos criminales, cuando no de disimulada indulgencia con ellos. No existe para mí equidistancia posible, ni ideológica, ni emocional, ni de ningún otro tipo, cuando hay un cuerpo abatido a balazos en la calle, o un ciudadano recibe amenazas, o es extorsionado, o sufre por mano ajena algún daño en su integridad física o en sus bienes. Ninguna niebla me impide ver a un lado al asesino con su nombre, con su maldad y sus amigos; y en el lado opuesto a sus víctimas y sus perseguidos, entre los cuales, sin deseo de suplantar a quien sufrió más que yo, me sitúo con toda mi solidaridad, mi indignación y mis lágrimas. Mi mirada fue literaria, repito, porque soy escritor y creo, en consecuencia, que al arte de la palabra le corresponde igualmente pronunciarse sobre la cuestión del terrorismo; pero no fue neutral ni apolítica. Y para que los posibles lectores que se acerquen al libro tengan desde un principio, desde antes de llegar a la primera página del primer relato, constancia de ello, lo dediqué a la impureza. He ahí, resumido en un simple epígrafe, mi exiguo equipaje ideológico. No necesito más sino amar con entusiasmo la variedad humana. La amo con la misma fuerza con que aborrezco la pureza de las razas, de los pueblos, de las ortodoxias y de cuanto afianza en los individuos la estulta pero peligrosa convicción de superioridad de unos grupos humanos frente a otros. Recordemos la célebre escena de la película de Charles Chaplin. El personaje llena una maleta con prendas de vestir, la cierra, tiene prisa y todo lo que sobresale lo corta sin miramientos con las tijeras. De igual manera, sólo que con seres humanos, pretenden construir algunos la nación de sus sueños.

6
Chispazos de genio

El Viejo guardaba en las estanterías del ático una copiosa cantidad de libros, a la que se sumaba otra similar en el salón. Había dejado de comprar libros porque no los podía leer sino muy dificultosamente con la lupa y a los pocos minutos se le fatigaban los ojos. Según sus cálculos, poseía en torno a quince mil volúmenes. No podía afirmarlo con seguridad puesto que nunca se había tomado la molestia de contarlos.

Dicho esto, se interesó a continuación por mi biblioteca. No es tan numerosa, le contesté, ni apenas crece, pues desde hace bastante tiempo sólo adquiero libros que sé que voy a leer. Antiguamente propendía a la acumulación. Como a tantos jóvenes, la ingenuidad me hacía creer que mi cupo de días por vivir me alcanzaría para conocer a fondo todo lo que merece ser leído.

Para un hombre como yo, habituado a las mudanzas de domicilio, una biblioteca de proporciones modestas entraña ventajas. Cambié de país, he cambiado de ciudades y, en cada una de ellas, varias veces de vivienda. Celebra uno en tales ocasiones no tener que acarrear una cantidad desmesurada de volúmenes.

Mi última mudanza data del verano de 2009. Espero que no le siga ninguna más. Acaso me embargue ahora aquella vocación arbórea que rechazaba de joven. El año susodicho resolví abandonar la docencia con el objeto de cumplir el sueño de mi vida, que no es otro que dedicarme de lleno a la escritura. Dejé entonces un piso de alquiler que ocupaba a las afueras de la

*tranquila ciudad de Lippstadt, en Renania del Norte-Westfalia,
y me establecí en mi domicilio actual en Hannóver, donde dispongo de un cuarto de trabajo.*

*La mudanza comportó el traslado inevitable de enseres;
también, por tanto, una vez más, el de libros. Al meterlos dentro
de cajas de cartón, encontré ejemplares en los que hacía largo
tiempo que no detenía la mirada. De otros muchos, arrumbados
en segunda fila por falta de espacio, se me había perdido el recuerdo.*

*Salidos del fondo de un anaquel, aparecieron tres títulos del
escritor canario Félix Francisco Casanova. Allí estaban el cuadernito de cubierta azul con los poemas breves que integran* Una
maleta llena de hojas *(Biblioteca Popular Canaria, 1977);
una edición, fechada en 1975 y auspiciada por una caja de ahorros de Santa Cruz de Tenerife, de la novela* El don de Vorace, *y el libro póstumo de poemas* Cuello de botella *(Ediciones
Nuestro Arte, 1976), que el joven poeta escribió en colaboración
con su padre, Félix Casanova de Ayala, con quien me carteé
durante un tiempo. Fue este último, consagrado a fomentar la
memoria del hijo fallecido, quien a finales de los setenta me envió por correo a mi casa de San Sebastián los mencionados libros. Mi ejemplar de* El don de Vorace *fue leído sucesivamente por todos o casi todos los componentes del Grupo CLOC, de
cuyas manos me volvía cada vez más desgastado. Hoy las pastas del ejemplar están pegadas con cinta adhesiva. Es uno de mis
libros más queridos.*

*Tras la referida mudanza de 2009, me tomó la curiosidad
por comprobar si la inusual literatura de aquel muchacho sería
capaz de cautivarme como en los tiempos de mis lecturas militantes de juventud o, si como ocurre tantas veces, el tiempo la
habría despojado del brillo que un día me deslumbró.*

Releí las tres obras, así como una recopilación de la poesía completa de Félix Francisco Casanova titulada La memoria olvidada *(Hiperión, 1990). El reencuentro con la literatura de este prodigioso muchacho me causó un entusiasmo sin duda distinto de aquel que experimenté en mi juventud, cuando lo leí por vez primera, pero entusiasmo al cabo. Y determiné comunicarlo a posibles lectores mediante un artículo de prensa. Sin pretenderlo puse a rodar una bola de nieve que no cesaría de crecer durante los meses ulteriores. La editorial Demipage se hizo eco de mi fervor, acaso también de mis razones, y adquirió los derechos de publicación de toda la obra de Félix Francisco Casanova. La prensa cultural española dedicó amplia atención al poeta fallecido un día de enero de 1976, a los pocos meses de haber cumplido diecinueve años. Algunos títulos suyos se han editado en el extranjero.*

Al Viejo se conoce que le hizo gracia la veneración con que yo me expresaba acerca de aquel autor fallecido en la flor de la edad. Sonriente, me pidió que otro día le leyera mi artículo, así como una selección de poemas y algunos pasajes de la novela de Casanova, y yo así lo hice y él me lo agradeció vivamente impresionado, puede que hasta conmovido.

Si convenimos en denominar genio a un hombre fecundo en afortunadas y audaces ocurrencias, Félix Francisco Casanova (1956-1976) mereció dicho apelativo. Su muerte temprana le impidió ejercer más allá de la primera juventud su portentosa capacidad para manejar palabras con instinto poético. El parangón con Arthur Rimbaud es pertinente no sólo por dicha circunstancia. Acaso hermane a ambos escritores con mayor motivo la naturaleza rebelde y visionaria de sus respectivas obras, tan distintas por otros conceptos. En el mismo siglo en que transcurrió su vida nada modélica, Rimbaud obtuvo un lugar en los mármoles de Francia. España practica de costumbre la tardanza en el reconocimiento de sus hijos más sobresalientes.

Empeño inútil el de lamentar los logros vedados a un escritor fallecido prematuramente. No ha sido probado que el talento para la creación literaria opere de manera constante o acumulativa, ni siquiera que garantice frutos de mérito después de la precocidad. Aquella muerte antigua y no sabemos si accidental interfiere superfluamente en la lectura de los escritos que Casanova compuso en el proceso de su corta vida: la reunión completa de sus poemas que circula con el nombre de *La memoria olvidada,* un diario de múltiples y breves ocurrencias, y *El don de*

Vorace, singular experimento en prosa que, por contener episodios y personajes, presenta un perfil de novela.

Confieso cierta resistencia a experimentar sorpresa cada vez que un poeta predice su muerte y luego, en efecto, muere. La muerte da pie a profecías de seguro cumplimiento. Supone, en cualquier caso, una desgracia, no un valor literario. Que Casanova la asociara con frecuencia al agua (él mismo falleció mientras tomaba un baño) inevitablemente añade un enigma a los muchos por él urdidos. Aquel muchacho experto en misterios solía acudir a la poesía con la disposición de no expresar las cosas comunes. De ahí que no escaseen en ella los vocablos inusuales, los de sentido exótico, los inventados para la ocasión.

Se advierte en Casanova la gracia, el desparpajo, la propensión lúdica de un ángel con rasgos diabólicos, todo lo cual exime a su arte de las esperables convenciones del oficio. Si hay algo que todavía asombra en él es el hecho infrecuente de que un joven de diecisiete años escriba poemas sin incurrir en la imitación de la poesía. Incluso las veces en que cuenta sílabas evita embutir las palabras en formas métricas reconocibles. Con escepticismo propio de adultos desengañados, gustó de mofarse de la solemnidad a la que son tan apegados los frecuentadores del género poético. No mostró mayor indulgencia con sus propios escritos.

Como la música que tanto amó, sus poemas ni requieren ni excluyen el tamiz del raciocinio para ser disfrutados. A menudo suenan como si acompañasen a una melodía que el poeta hubiera escuchado en el instante de la escritura. Resulta de ello una fluencia que se preocupa más por responder a un ritmo o crear una atmósfera que por constituir la lógica lineal de un discurso, todo ello copiosamente sazonado con bromas surrealistas, notas de humor negro y una pericia sin igual para desfamiliarizar la realidad mediante la combinación novedosa de detalles. En sus versos abundan los chispazos de genio que todavía, tantos años después, cortan el aliento al lector, al tiempo que hacen de Félix Francisco Casanova un poeta sobremanera susceptible de ser citado.

La relectura me afirma en el convencimiento de que *El don de Vorace* representa, junto con cierto número de poemas donde se insinúan pequeños relatos, la parte más valiosa de su trabajo. El libro, abiertamente inverosímil, es de principio a fin una parodia. Construida sobre la estructura de un monólogo que admite la reproducción de conversaciones, alberga en sus páginas una sucesión de episodios macabros, escenas de violencia, actos irracionales, pesadillas y visiones que denotan un esfuerzo imaginativo poco común. Sabemos por el padre del autor, que contribuyó a la redacción del libro en funciones de mecanógrafo, que no pocos capítulos fueron repentizados a viva voz por Casanova, a quien apremiaba la cercanía del plazo de entrega de un concurso literario, uno de tantos que ganó. Un libro de esa índole no se planea. Se escribe en trance, se improvisa al calor de una inventiva ágil o simplemente le sale a uno.

Su protagonista, Bernardo Vorace, constata, tras varios intentos frustrados de suicidio, que es un hombre inmortal. El descubrimiento lo lleva a cabo en la primera página de la novela, tras despertarse con un agujero de bala en la sien. El resto del relato consiste en la deriva criminal de un hombre a quien la imposibilidad de morir ha despojado de principios morales. Desea anularse a cualquier precio, sin que fructifique ninguna de sus tentativas. Intervienen ficciones soñadas, se proyecta en un poeta depravado de otro siglo, se tira por el balcón o trata de suprimirse en la conciencia de sus conocidos, para lo cual los invita a una fiesta de disfraces, en la que él, por descontado, se viste y actúa de diablo. Consiguientemente pega fuego a sus huéspedes. Se deja imaginar la cachaza con que acepta la pena capital. El lector deberá resignarse a una duda insoluble, ya que el desenlace no precisa si Bernando Vorace es ajusticiado por el verdugo o si ha soñado sus carcajadas y su muerte en la cámara de ejecución.

7

Gozo de releer

Además del artículo dedicado a Félix Francisco Casanova, llevé aquel jueves otro sobre el ejercicio grato de la relectura. No me equivoqué al suponer que al Viejo le interesaría la cuestión. Lo que no podía imaginar es que lo afectara tanto. Confesó que un par de años atrás había emprendido una terca sucesión de relecturas no bien tuvo constancia de que en breve su vista declinaría irreparablemente. Antes que yo procediese a leer mi texto, me rogó que le permitiera plantearme una hipótesis. La fundamentaba en una convicción que compartíamos, aun cuando tal vez yo prefiera expresarla en términos distintos de los suyos, desde luego con una intensidad emocional menor. El no haber ingresado todavía en la senectud quizá me dispense por ahora de ciertas formas acerbas de la melancolía.

Se refirió a la frase tan citada de Pascal, la que postula que «la mayoría de los males les vienen a los hombres por no quedarse tranquilos en casa». Admitía la idea de que les vengan males por exponerse a las contingencias. Sin embargo, rechazaba que esa fuese la razón principal de sus desgracias. Sostenía que el ser humano agrava el destino trágico de la especie por empeñarse en negar su condición perecedera. El mayor infortunio del hombre, afirmaba, es creerse eterno. Si se resignara a la obviedad de que su existencia dura un rato cósmico no sería menos triste que ahora, pero se tomaría la vida con menor desasosiego, sin menospreciarla por insustancial y transitoria. No tendría necesidad de inventarse espíritus, almas y demás artilugios vagarosos que hacen de él la criatura más imbuida de soberbia y más egoísta y despiadada que ha producido la naturaleza.

El hombre quiere salvarse a cualquier precio. Con fanatismo paranoico aspira a prolongar su existencia singular en realidades superiores. Domicilia estas en reinos mentales, donde es él (en versión incorpórea, pero a fin de cuentas él otra vez) el beneficiario de un magnífico alojamiento eterno. No es exactamente el alma lo que se salva, sino su alma. Y puestos a domiciliar aquellos reinos sin dolor, sin oscuridad y sin muerte, los sitúa también en la Tierra. El hombre gusta de proyectarse en la nación, en el idioma, en los usos culturales y las esperanzas colectivas que le son familiares. Para inmortalizarse con su conciencia plena de sí mismo, aspira a arrebatarle al tiempo el decorado donde transcurrió su vida. En consecuencia, lo defiende con apasionado tesón, emprendiendo guerras si es preciso, en la esperanza de perpetuar en él la memoria de su persona y de sus obras. De ahí que tome por adversarios a quienes contradicen, atacan o desmontan aquellas frágiles construcciones en las cuales él desea persistir después de muerto. Yo sé, concluyó, que nada ni nadie perdura más allá de un limitado tramo temporal. Mencionar hoy a Calígula o a Virgilio, cuya lengua ya nadie habla, no supone ni en broma que conserven una miaja de inmortalidad.

El Viejo asumía con entereza que a sus setenta y nueve años se le estaba terminando su provisión de existencia. He dispuesto, dijo, que ni siquiera quede de mí una piedra con mi nombre. No desdeñaba la vida porque la fuera a perder. Por amor a ella cultivaba con aplicación lo que denominaba placeres sabios, últimamente, eso sí, con una sensación pertinaz de despedida. En dicha categoría de placeres incluía la relectura de sus libros predilectos.

A este punto, le confesé que me parecía inadecuado leer mi

texto, pues este obedecía en algunas partes a un propósito humorístico que no se compadecía con lo que él acababa de revelarme. El Viejo insistió en que por favor se lo leyese. Llenamos nuestras copas y yo empecé a leer. Vi, al levantar de vez en cuando la mirada, que escuchaba con gestos de asentimiento. Distinguí, no obstante, un brillo acuoso en sus ojos apagados. Apenas veía lo justo para moverse con bastón por la casa. Por ese motivo y no por influjo de Pascal, tan sólo en caso de necesidad perentoria pisaba la calle, siempre acompañado de un asistente.

Oí decir que en España se publica un libro cada diez minutos. Quizá entendí mal o no presté la debida atención, y resulta que era en Francia donde ocurre tal desatino, mientras que en España aparece un título nuevo con intervalos menos agobiantes, pongamos de tres o cuatro horas, no me hagan mucho caso. En realidad lo que yo quería decir es que quien relataba aquello, comentarista profesional de la cultura, se tenía por víctima de un abuso; aún más, de una agresión, como si la sobreabundancia editorial formase parte de una conjura maquinada con el fin de perjudicarlo a él personalmente. Este convencimiento le venía al pelo para justificar su enfado y, de paso, para merecer el asentimiento solidario, cuando no compasivo, de cuantos lo escuchaban.

A mí me costaba entender los motivos de su malestar. Se me figuraba que la acumulación de actualidad literaria sobre las mesas de las redacciones les garantiza el sustento a él y a otros como él cuyo oficio consiste en diseminar opiniones (a menudo veredictos) en periódicos y revistas.

Algunas personas presentes en la conversación, sabedoras de que por mi culpa existen unos cuantos libros en el mercado, no vacilaron en clavarme una mirada acusadora. Me tentó, en consecuencia, faltar al respeto a algo o a alguien, no importaba a qué ni a quién, con tal de halagar la sensibilidad irritable de aquel crítico de la literatura novedosa.

Mal aconsejado por la timidez, estuve a punto de mencionar una afirmación que le oí años atrás a Marcel Reich-Ranicki en el transcurso de una de sus intervenciones temperamentales en la segunda cadena de la televisión alemana: «Casi todos los libros que se publican son malos». Lo cual, si bien se mira, equivale a talar el bosque hasta dejar en pie la media docena de árboles que al parecer les basta a algunos para lograr un conocimiento genuino de lo forestal.

Al fin, dispuesto a franquearme, propuse a aquella gente el sosiego. Aún deseaba proponerles el cultivo de otros atributos saludables; pero me pareció conveniente sugerir en primer lugar el que, según me tienen dicho, facilita la asimilación de todos los demás. Y así, argumenté en favor del gozo asociado a la lectura apacible, acompañada de reflexión. En todo caso, agregué, el problema lo crea la mano ávida que pugna por abarcar más de lo que es lícito a su tamaño, o bien la boca que traga sin apetito movida por la servidumbre de unos honorarios. Que peor, mucho peor, se me antojaba la escasez editorial de tiempos pretéritos, cuando la autoridad política o religiosa prohibía ciertos libros, faltaban traductores, la pobreza y el analfabetismo apartaban a los ciudadanos de los bienes culturales, etcétera.

Pero fue inútil mi empeño. Uno de los presentes, manoteando el aire entre su cara y la mía como si abofeteara mis palabras, me interrumpió para espetarme que a buen seguro, mientras manifestaba mi opinión, habría sido publicada una novela nueva; una novela, quién sabe si de cuatrocientas o quinientas páginas, a la que quizá, por imperativos del oficio, urgía dedicar una reseña. Todos contestes me reprocharon que los hubiera entretenido mientras su tarea no había cesado de aumentar. Después me volvieron la espalda, se marcharon refunfuñando y quedé solo.

Llevado del mejor de los propósitos, me habría gustado recomendarles el hábito de la relectura, entendido como una vuelta serena a placeres antiguos. No se relee un libro por casualidad. Una intención definida, un deseo de disfrute seguro, por tanto una búsqueda que no entraña azar, guía a la mano que toma del anaquel el ejemplar leído en otro tiempo.

No es descartable que nuestros ojos hayan recorrido en más de una ocasión la larga serie de renglones. A mí, por ejemplo, me daría vergüenza prestar mi *Quijote* de la colección Austral, al que he acudido ya no sé cuántas veces desde aquella primera de mi adolescencia en el colegio; tan gastado está que parece recogido en un contenedor de basura.

Igualmente inexcusable es para mí revivir los escalofríos que me produce la soledad poblada de muertos de Comala, tanto como asistir periódicamente al homicidio de Fiódor Pávlovich Karamázov, alimentar la inútil esperanza de entrar algún día en *El Castillo* o exaltarme de tiempo en tiempo con la música verbal de Vicente Aleixandre.

No es raro que medien años entre la lectura anterior y la actual. En tal lapso un número indeterminado de obras habrá colmado de experiencias literarias nuestra intimidad. De entonces acá es difícil que nuestro gusto e intereses no hayan variado. Aunque seamos la misma persona que no para de pensar y de pensarse, somos quieras que no un lector distinto.

La relectura lo demuestra sin tapujos al actualizar, a la par que el contenido del libro, un cúmulo de impresiones que este nos suscitó en su día, poniendo así de relieve los cambios que con el paso de los años se han ido operando en nuestra manera personal de entender e interpretar los textos. Releer es, por tanto, también una forma de conversar con el propio pasado. Y, por supuesto, de reparar los desgarrones que le infiere el olvido a la memoria. Toda relectura convida por fuerza a la profundidad.

Para quien retorna a un libro del que gustó en otra época, este adquiere ante sus ojos el valor de un objeto sentimental. A quien lo relee le embargará la sensación de estar él mismo íntimamente implicado en los avatares de la página. Y es que, sin que nos demos cuenta, los libros nos leen mientras nosotros los leemos. Se dijera que se acuerdan de nosotros cuando los reabrimos, que nos reconocen y nos restituyen partes, a menudo olvidadas, de nuestra identidad.

Con asombro, con deleite, con una sonrisa melancólica acaso, nos convertimos en agentes de una sucesión de encuentros. Dicho complemento afectivo no lo puede aportar la obra de publicación reciente, con la que por motivos obvios aún no nos ha sido dado establecer vínculo alguno de familiaridad.

En cambio, yo no podría volver a la agitada historia del estudiante Raskólnikov, en edición barata de Bruguera, sin verme de nuevo vestido con atuendo de soldado raso que lee a escondidas, arriesgándose a un castigo, dentro de la garita de un cuartel de la costa levantina. Imposible me sería extraviarme nuevamente por los tortuosos versos gongorinos de aquel tomito negro de las *Soledades* (el 102 de la colección Letras Hispánicas, en Ediciones Cátedra) sin traer de inmediato a las mientes la sonrisa (y otros detalles que sólo a mí me importan) de la amiga zaragozana que me lo regaló.

En ocasiones es una reliquia inesperada la que suscita el recuerdo. Resuena en los oídos de nuestra memoria la risa de Gabriel Celaya al toparnos con su dedicatoria manuscrita en la portada de un libro suyo de poemas. O nos cae sobre las piernas, durante la lectura, el pétalo de rosa resecado por los años, vestigio de un amor adolescente. O aparece, entre dos páginas de apretada letra de *La Regenta,* un sello de correos de la serie *Castillos de España,* que nos habla de un antiguo afán filatélico; o la hoja suelta de un calendario de taco cuya fecha nos retrotrae a una edad de fortaleza física y de ilusiones intactas, o un garabato debido a nuestra mano infantil, o un recorte de periódico: huellas, en fin, que fuimos desparramando por tantos libros sin sospechar que algún día las seguiríamos en busca de quienes fuimos.

¡Con cuánta envidia y emoción veía yo hace poco a mi hija embeberse por vez primera en la lectura de *El extraño caso del Dr. Jekyll y Mr. Hyde!* No me hartaría de leer la historia, seguro de que en todos los casos gozaría de ella, y aun puede que mi perseverancia me granjease el obsequio de algún detalle por mí inadvertido anteriormente. Pero la lectura virginal, aquella primera que me deparó la sorpresa del desenlace, esa ya no la podré llevar a cabo nunca más. Menos mal, me digo para consolarme, que en otras ocasiones sucede lo contrario, de suerte que se hacen necesarias una segunda y hasta una tercera lectura para penetrar el sentido de un texto abstruso o para comprender con exactitud ciertas inquietudes humanas a las que no solemos prestar atención cuando somos jóvenes.

¿Cabe, por lo demás, mayor reconocimiento al esfuerzo de un escritor que volver de vez cuando a sus obras? Y quizá no sea el libro perfecto ni el jaleado por los tasadores de la literatura el que despierte en nosotros el apetito de releer, sino aquel otro que, con independencia de la consideración que merezca a los expertos, nos dejó una impronta en la conciencia, nos ayudó a entender un poco el mundo y a entendernos, o simplemente contiene unos restos, de otro modo perdidos para siempre, de nuestro pasado.

*Mediada la primera de las dos botellas de Barolo Riserva
1982 que bebimos aquel jueves, olvidamos nuestras negras lucu-
braciones y, trago va, trago viene, se nos levantó el ánimo. No
sin algunas risas convinimos en que consagrarse a la creación de
una obra, de la naturaleza que sea, con el fin de obtener recompensas en ultratumba o de perdurar en la defectuosa memoria de
las generaciones venideras era una solemne majadería.*

*Así y todo, estábamos dispuestos a dar por bien empleadas
las ilusiones de los hombres de talento siempre y cuando estos
llegasen, inducidos por ellas, a resultados valiosos. Me da igual,
afirmó el Viejo alzando la copa, por qué un vinicultor italiano
decidió elaborar en 1982 este vino; pero es justo reconocer que ha
contribuido de forma óptima a mejorar nuestra vida durante un
par de horas y le debemos por ello gratitud, si bien dista de haber
sido gratuito el servicio que, sin conocernos personalmente, nos
ha hecho.*

*Quien enriquece la realidad colectiva con obras bellas, diver-
tidas, beneficiosas, añadió, no ha vivido en vano. Quizá en esto
consista la sabiduría, en tener la generosidad y la elegancia de
dejar el mundo, dentro de la pequeña área vital que a cada cual
le corresponde, un poco mejor de lo que era antes de su llegada.*

*Me acordé a este respecto del infortunado escritor alemán
Wolfgang Borchert, que desarrolló su corta carrera literaria en
las condiciones más adversas que nadie pueda imaginar. Como*

todos los hombres, vivió en la cercanía constante de la muerte, con la particularidad de que a él, en sus últimos y penosos años hasta su temprano fallecimiento, no le fue dado ignorarla porque la tuvo ante sus ojos de continuo. Escribió contra la muerte o a pesar de ella, justificando así su vida.

A petición del Viejo, me comprometí a leer otro día una semblanza de Wolfgang Borchert. La redacté años atrás con el objeto de que acompañase a mi traducción de su obra completa. Traducción, añadí sin pararme a pensar lo que decía, que una vez publicada pasó por completo inadvertida en España. El Viejo interpretó que me quejaba y me lo afeó. En algún libro de Elias Canetti había leído él que quejarse implica la no pequeña vanidad de proclamar que uno merece algo más o algo mejor. Se conoce que el vino le soltó la lengua, pues me espetó a continuación con total confianza: Aramburu, ¿no me habrá salido usted un escritor mimoso? Cabrón de Viejo. En realidad, le respondí, me tengo prohibido el lamento en mis escritos o delante de testigos. Ignoraba, sin embargo, que el Barolo tuviera la propiedad de desactivar promesas.

Wolfgang Borchert (Hamburgo, 1921-Basilea, 1947) vivió veintiséis años y medio, de los cuales tan sólo dispuso de los dos últimos para crear, en unas condiciones de salud lastimosas, lo esencial de su obra.

Es concebible que nadie se haya convertido en clásico de las letras por casualidad. Así y todo, el arte gusta de plegarse a las excepciones, a los casos particulares, y no se resiste a añadir de vez en cuando un nombre a la breve lista de escritores (Georg Büchner, el Conde de Lautréamont, Raymond Radiguet o el canario Félix Francisco Casanova) que alcanzaron la excelencia artística y murieron a edad temprana. Borchert pertenece a dicha estirpe.

En su corta vida no pisó otra universidad que la de los funestos avatares de su época, en un país sometido a la peor barbarie y a la mayor destrucción de toda su historia. No se le conocen a Borchert rasgos de clarividencia precoz. Se sabe que fue colegial mediocre, de los que dedican menos atención a las materias de enseñanza que a mover a risa a sus condiscípulos. Tenía vocación de actor, frustrada, como tantas otras felicidades a que aspiró sin suerte, por las tragedias que lo acosaron. En el colegio ni siquiera destacó en el uso de la lengua alemana, por el que hoy se le recuerda con admiración. Resulta difícil imaginar unas condiciones más adversas que las suyas para el desarrollo del talento literario. Y, sin embargo, poco más de tres centenares de páginas le han bastado para alcanzar el rango de clásico de las letras alemanas del siglo XX.

Su madurez sobreviene, se desencadena, se da de golpe, debida no tanto a la destreza en el dominio del medio expresivo como a un arrebato de creación fomentado por un cúmulo de experiencias traumáticas. Es la madurez que se deriva de los diversos abismos a que el escritor fue obligado a asomarse. Nombrémoslos: su participación forzosa en la guerra, en primera línea del gélido frente ruso; sucesivas estancias en prisión y, como consecuencia de todo ello, las graves enfermedades que lo consumieron. Basta abrir un libro suyo al azar y leer unas pocas líneas para percibir en ellas la vibración, el aire, el sentido de lo que ha de expresarse con urgencia, sin coquetería de estilo, por la simple, por la terrible razón de que la fiebre aprieta, los pulmones fallan y a la mano que débilmente sostiene la pluma le queda poco tiempo de vida. Fuera humean aún las ruinas de un país devastado. No menos destruido se halla por dentro el cuerpo de quien ha asumido la tarea dignificadora de dejar un testimonio literario del drama colectivo de su tiempo. Es la de Wolfgang Borchert la obra de un hombre que se sabe agonizante.

Los textos que conforman lo que hoy se considera las *Obras completas* de Wolfgang Borchert se reparten en tres categorías bien definidas. La primera de ellas, reducida por el propio autor a una selección breve de poemas, es un preludio de las otras dos. De vuelta de la guerra, Borchert desechó la mayor parte de sus versos, y aun los pocos que salvó guardan para los lectores actuales un valor meramente testimonial. Hay en su poesía un fondo de juego, de arrebato juvenil, que a menudo adopta los ritmos y sonoridades de poetas célebres de la época. En ella alternan los tonos risueños, propios de las ocurrencias rimadas del cabaré, con los nostálgicos y sentimentales de las canciones de raigambre popular. Tan sólo catorce piezas se le antojaron a Borchert dignas de integrar *Farol, noche y estrellas*. Una modesta editorial de Hamburgo publicó el librito en diciembre de 1946. Pasó inadvertido.

La misma editorial publicó por aquellos días una antología de textos sobre Hamburgo a la que Borchert fue invitado a participar con un prólogo. Era la primera vez que un trabajo suyo en prosa figuraba en las páginas de un libro. Las evocaciones de la ciudad donde había nacido constituyen una constante temática en la obra de Wolfgang Borchert. Hamburgo ya está presente en sus tentativas poéticas iniciales, es un paisaje habitual de sus relatos y el escenario donde se desarrolla la acción de la única pieza teatral suya que nos ha quedado. Hamburgo representa para el escritor un amor de por vida al que consagró sus páginas acaso más fervientes.

Una segunda categoría de la obra completa de Wolfgang Borchert está integrada por las piezas en prosa. La primera de ellas, titulada *El diente de león*, fue escrita sin escrúpulos estilísticos ni correcciones ulteriores en una cama del hospital Elisabeth de Hamburgo, el 24 de enero de 1946. El dato es significativo por cuanto da idea del método de redacción puesto en práctica por Wolfgang Borchert, así como de las condiciones penosas en que se vio obligado a trabajar hasta el final de sus días.

La posterior consagración de Borchert al género narrativo no vino precedida por un periodo de adaptación y aprendizaje, sino que se produjo de forma espontánea, originada en la necesidad imperiosa de manifestarse sobre ciertas cuestiones. Las historias le salen, le brotan, repentizadas con el afán del que procura perder el menor tiempo posible entre el instante de la ocurrencia y la conversión de esta en texto. Puesto que corren años de carestía, Borchert no tiene más remedio que escribirlas en el reverso en blanco de cartas, en sobres usados, en trozos de cartón. Luego se las entrega sin demora al padre para que este las mecanografíe. La escritura de Borchert es una carrera contra el dolor, la disnea pertinaz, la fiebre; contra la muerte cercana, en suma.

Un hombre que a menudo necesita ayuda para vestirse o caminar es capaz de concluir obra de veintinueve historias en el transcurso del año 1946. Las escribe de un tirón, sin sujetarse a las convenciones del género, atormentado a ratos por la duda de no poseer un dominio literario del idioma en que se expresa. Al final del arduo empeño diario, en los papeles sueltos lo mismo ha quedado una narración que un himno a su ciudad, un manifiesto, unos párrafos concebidos para dar rienda suelta a su desesperación y sus protestas. Abundan en sus páginas las notas de humor ácido. Pero lo preponderante en ellas es el grito, la acusación, la queja, el estertor. Son típicas de Borchert las repeticiones de sintagmas próximos, incluso de oraciones enteras, lo que muchas veces confiere a su prosa un ritmo de letanía, de rezo proferido por un hombre de respiración entrecortada.

Sería vano tratar de encontrar en los escritos en prosa de Wolfgang Borchert componentes de una autobiografía camuflada, aun cuando sea posible rastrear en este o el otro pasaje detalles espigados en el recuerdo de experiencias vividas por el autor. Sabemos por testimonios de quienes lo conocieron que Wolfgang Borchert era reacio a hablar de su participación en la guerra o de sus estancias en la cárcel. De igual modo, las referencias a hechos pasados de la propia vida no tienen dentro de sus relatos un valor confesional; antes al contrario, constituyen constantes temáticas de aplicación estrictamente narrativa. Abundan las que hacen mención a las miserias de la guerra, con sus episodios de muerte, mutilación, remordimientos, sueños truncados... Características de Borchert son asimismo las historias carcelarias, las de despedidas en las estaciones, las de trenes nocturnos cargados de soldados con rumbo a la muerte, las de regresos imposibles, las de cadáveres que arrastra la corriente. Una selección de su arte narrativo se publicó en verano de 1947 con el título del primer cuento que escribió. Siguió otra, ya póstuma, a finales del mismo año. Borchert inauguró así en Alemania, sin proponérselo, la literatura del trauma y de las ruinas.

Lugar aparte ocupa en la obra de Wolfgang Borchert el drama en cinco escenas *Fuera, delante de la puerta,* escrito en el transcurso de ocho días de trabajo febril, a principios de 1947, sin esperanzas de que alguna vez se representase, como prueba, no sin cierta amargura, el epígrafe que acompaña al título. El vaticinio del escritor no tardó en revelarse erróneo. Al cabo de un mes, la intercesión entusiástica de un conocido propició que la pieza fuera radiada por una emisora de Hamburgo. Hans Quest, a quien la pieza está dedicada, prestó su voz al protagonista. Borchert se perdió la emisión. En su barrio había sido cortada la electricidad y él no estaba en condiciones de moverse de casa. Pronto recibió muestras del éxito obtenido. Por esos días, recibe numerosas cartas de reconocimiento (también unas pocas cargadas de reproches) y se desata un peregrinaje de admiradores y curiosos que llaman a su puerta. No siempre se siente el enfermo con ánimo de recibir visitas y sus padres han de intervenir con frecuencia para protegerlo.

Fuera, delante de la puerta es en gran medida el drama de un regreso malogrado. Beckmann, un antihéroe, un don nadie, figura prototípica de la derrota de Alemania, vuelve de la guerra con una lesión de rodilla, unas gafas horrendas y unas cuantas preguntas comprometedoras que nadie puede, que nadie quiere responder. ¿Adónde vuelve? Lo que había ya no está. Su mujer vive ahora con otro, sus padres se suicidaron, su casa ya no le pertenece, su sacrificio en el frente no interesa a nadie. El río Elba no le permite ahogarse en sus aguas y él ni siquiera está libre de culpa. Los radioyentes que siguieron la emisión sintieron que la pieza hacía vibrar en ellos una cuerda harto sensible para los alemanes a quienes tocaba apechar con las consecuencias del desastre reciente. Consumada la catástrofe, reducidas las ciudades del país a un campo de escombros, apenas quedaban familias que no penaran por un muerto en combate, un desaparecido, un prisionero de guerra, un mutilado.

Así pues, el infortunado Beckmann es la encarnación de un drama colectivo. Y lo es en la doble faceta de víctima del enorme engaño histórico urdido por el nacionalsocialismo y de actor parcial de dicho engaño. Beckmann se encuentra en la situación del que alza la voz para protestar contra una injusticia inmensa en la que él mismo ha participado. Grita y no hay quien lo escuche ni lo entienda. La sociedad a la que él desearía reintegrarse quiere olvidar; en realidad, ya ha encontrado acomodo en el olvido. Esa misma sociedad ha creado una división entre dentro y fuera. Fuera es la calle, la intemperie, el lugar a que están relegados los perdedores de la historia.

Fuera, delante de la puerta fue representada por vez primera en un teatro de Hamburgo el día 21 de noviembre de 1947. Wolfgang Borchert se perdió el estreno. Había muerto de víspera en una clínica lejana.

9

En la playa, con corbata

Nunca se sabrá lo que habría dado de sí el talento de tantos autores fallecidos prematuramente. El Viejo evocó a este respecto un poema de Luis Cernuda. Los versos del poeta aluden a un incidente promovido en casa de Goethe por soldados del ejército napoleónico. El escritor alemán es preservado in extremis del furor de los saqueadores y aún vive, consagrado a la pluma, durante más de veinticinco años. Cernuda enumera títulos de Goethe, hoy «delicia nuestra», que la soldadesca desmandada podía haber truncado aquel otoño de 1806 con un simple golpe de bayoneta. En este caso, concluyó el Viejo, sí sabemos lo que se habrían perdido quienes aman los buenos libros, como también sabemos hoy que Alonso Quijano y sus sueños de caballería andante estuvieron a pique de perderse en la batalla de Lepanto.

Entrechocamos las copas, tomé la palabra. Sin duda, dije, la muerte ha debido de privarnos de grandes logros en todas las esferas de la actividad humana. Claro que ¿cómo vamos a echar en falta lo que nunca tuvimos? También, supongo, la muerte nos habrá librado de cantidades ingentes de productos superfluos y de hechos atroces. Pero quizá, ahora que lo pienso, no es menor obstáculo para el desarrollo del talento la vida misma con sus circunstancias adversas y su colección de infortunios que reprimen la inventiva, minan el vigor, destruyen la voluntad e impiden el desarrollo adecuado de la inteligencia y el gusto.

El cumplimiento de un ciclo creativo, proseguí, es un don

reservado a una minoría. No me refiero a la proeza del hombre laborioso que consuma un número exagerado de obras, sino a que, en algunas de ellas o incluso en una sola, alcance el dominio pleno de su arte. Esa ventura depende de un sinnúmero de factores. Acaso baste la ausencia de uno de ellos para que no haya lugar a una obra prodigiosa, una revelación científica de primer orden, un descubrimiento capaz de mejorar sustancialmente la vida de la especie. La salud, la preparación escolar, la posición económica, las vicisitudes históricas, el ambiente cultural son algunos de dichos factores. Todos ellos, y otros que omito por no extenderme o porque no los recuerdo, apuntan a dos objetivos complementarios: la formación intelectual de los individuos y la posibilidad de que estos se dediquen en condiciones favorables a su vocación.

En cuanto a mí, le dije al Viejo en respuesta a una pregunta suya, prometo que no me voy a quejar. No porque abrigue la intención de tragarme las quejas como me estoy metiendo entre pecho y espalda este vino delicioso, sino porque no hallo motivos serios para mostrarme descontento. Haber tenido que compaginar durante largos años la escritura con las obligaciones familiares y laborales no me ha impedido crear una obra de proporciones notables. Hubo, sí, días en que quizá un quehacer doméstico, una reunión en el colegio o la enfermedad de una de mis hijas no me dejaron escribir. Pero ni siquiera en las épocas difíciles, con dos niñas pequeñas en casa y la necesidad urgente de aportar un sueldo, sentí la familia como enemiga de mi vocación literaria; antes al contrario, mi esposa y mis hijas dieron en todo tiempo a mi soledad creativa una razón de ser que excedía los límites de mi pequeño o gran egoísmo. Si la literatura me otorgó alguna esporádica recompensa económica, repartimos el dinero entre todos y no equitativamente, por cuanto tiendo a postergar mis caprichos y necesidades y ceder mi parte al grupo. Si me procuró alegrías, las disfruté con los míos, lo que equivalió a acrecentarlas. Y así, no tuve que acudir al espejo en busca de reconocimiento y compañía ni me vi forzado a recurrir al alcohol, las drogas u otros hábitos destructores para estar o sentirme completo.

Otro tanto puedo afirmar acerca de la docencia, a la que me dediqué con gusto variable, pero nunca a regañadientes, por espacio de veinticuatro años. El colegio supuso para mí, entre otras cosas, una ventana al mundo. La convivencia diaria con alumnos, padres y compañeros de profesión hace que uno se entere de historias íntimas, no siempre alegres; que conozca a toda clase de personas y tenga la posibilidad de extraer enseñanzas útiles sobre la naturaleza humana sin las cuales no le veo mucho sentido al trabajo literario. ¿De qué le sirve al escritor el dominio de la técnica y el idioma si él es un individuo de experiencia reducida o si carece de sensibilidad para comprender estas o aquellas cuestiones que afectan a lo más profundo del ser humano?

Por cierto, le dije al Viejo tras tomar otro sorbo del Ribera del Duero que bebimos aquel jueves, este vino excepcional (añada del 96) acaba de traerme a la memoria el nombre de un escritor alemán que compuso una obra vasta en condiciones propicias. Al contrario del desdichado Borchert, del cual fue contemporáneo, este que yo digo llegó a viejo con las facultades mentales intactas, no hizo otra cosa en su vida que escribir, disponía del día entero para hacerlo, vivió con holgura económica y conoció el éxito a edad temprana. ¿De quién hablo? El Viejo no caía. Citó con vacilante convencimiento a varios autores, algunos ni siquiera alemanes. Total, que no acertó y a mí me pareció bien mantenerlo en la incertidumbre, como Sherezade a su rey, hasta la ocasión siguiente.

Las memorias escritas de quienes frecuentaron su trato, las de sus seis hijos principalmente (excepto Erika, que lo adoró), coinciden en atribuirle, con grados distintos de reproche, una personalidad vertida hacia el yo. No parece que fuera un hombre efusivo, ni siquiera espontáneo.

En sus ensayos y novelas, en su ingente correspondencia, en las páginas manuscritas de sus diarios, Thomas Mann consagró su pluma a dar testimonio pormenorizado de sí mismo. Se afanó sin descanso en forjarse una imagen que satisficiera su sed de aceptación, de aplausos, de elogios. Empleó mucho esfuerzo y tiempo en esa tarea, que, cumplida de forma óptima, no lo hizo feliz.

Antes de los treinta años ya había alcanzado la gloria literaria. La administró con tenacidad y perspicacia. Un pedestal parecido al que ocupó Goethe en su tiempo correspondió a Mann por méritos incuestionables en el suyo. Ellos (y alguno más) son la literatura alemana por excelencia.

Thomas Mann tuvo incontables admiradores y acaso ningún amigo verdadero. Estudiar los hechos de su vida revela la paradoja de un escritor que, en el empeño por dilucidarse, se borra en una masa descomunal de escritura cincelada.

La dedicación plena al trabajo literario privó a Thomas Mann de una vida rica en avatares. Su prosa se nutre del virtuosismo del estilo, al cual se supeditan de ordinario los elementos episódicos. El escritor hizo de un mínimo de incidentes biográficos un máximo de literatura, convirtiendo en arte verbal sus intimidades hogareñas, sus pensamientos, sus gustos e inclinaciones. Y, sin embargo, las huellas que dejó esparcidas en abundancia antes conducen a una versión mitificada de sí mismo que a las vetas más humanas de un escritor no exento de contradicciones y debilidades.

No otra cosa se infiere de las palabras de homenaje que Hermann Hesse pronunció con ocasión del fallecimiento de Thomas Mann en Zúrich, en el verano de 1955, al conceptuarlo de «hombre muy mal conocido», a pesar de los grandes éxitos y del sinnúmero de honores que cosechó en el decurso de sus ochenta años de existencia.

Hay fotografías que lo muestran en la playa, vestido con traje y corbata. Lo vemos, por ejemplo, en la de Travemünde, no lejos de su Lübeck natal, a orillas del mar Báltico, o en Nida, en la actual Lituania, donde adquirió una villa para pasar las vacaciones. Hombre de arraigadas costumbres burguesas, Thomas Mann conservará de por vida el rito de veranear en la costa. Lo de menos para él acaso sea tomar el sol o bañarse. Thomas Mann escribe en la playa, acomodado a resguardo del viento en uno de esos típicos sillones con techo de las playas nórdicas.

En casa, la prole numerosa ha de guardar silencio cuando el jefe de familia escribe o duerme o lee, que es tanto como decir desde la mañana hasta la noche. Golo, el único de sus hijos varones que no se suicidó, redactó páginas amargas a este respecto. No fue Thomas Mann un hombre dado a imponer castigos físicos. La humillación, la frialdad, la reprimenda en que el desdén adopta formas solemnes de desafecto y mina la autoestima del amonestado, eran su método punitivo.

En la playa, sin embargo, al escritor no lo saca de sus casillas la algarabía general, amortiguada, según anota en su diario, por el ancho espacio marino. Se ha llevado como de costumbre un mazo de cuartillas. En ellas redacta una novela corta, despacha un compromiso ocasional, toma apuntes para una futura conferencia. Thomas Mann, que ha estado durante los meses precedentes atareado en alguna obra de grandes dimensiones, descansa de escribir escribiendo.

La playa le ofrece otro incentivo. De buenas a primeras, al levantar la mirada, advierte que la línea azul del horizonte ha sido interrumpida por el cuerpo de un muchacho sin más atuendo que un exiguo bañador, y entonces el corazón de Thomas Mann late con fuerza impulsado por un pujo de exaltación erótica. El escritor traslada la escena, que ha deseado y vivido en no pocas ocasiones, a su novela *Muerte en Venecia*, donde también en una playa, con la arena y el mar por todo paisaje, el protagonista descubre de pronto al joven y agraciado Tadzio, y se prenda de él.

La fijación obsesiva por la belleza física masculina constituye uno de los estímulos argumentales de la obra narrativa de Thomas Mann. Ya en sus primeros libros intervienen personajes (pensemos en Tonio Kröger o en Hanno Buddenbrook) dominados por la pasión homosexual. Esta constante se prolonga hasta sus obras de madurez. Cobra especial relevancia en *Doktor Faustus*, extensa novela en la que el autor aprovecha la mediación de un trasunto para referir una aventura homoerótica de su propia juventud, y halla expresión más explícita en las páginas de sus diarios, publicados póstumamente.

Así y todo, Golo Mann sostenía que la homosexualidad de su padre, conocida por toda la familia, era de índole platónica, como parece demostrarlo su último enamoramiento, a la edad de setenta y cinco años, de un camarero de buena planta, empleado en un hotel de Zúrich, a quien dedica encendidos pasajes en sus escritos privados. Años después, el objeto de deseo del célebre literato declaró no haber percibido en su día señal ninguna de la turbación que su apuesta figura había causado en aquel anciano de atildada elegancia. Y aunque recordaba, eso sí, las propinas espléndidas con que el dadivoso cliente recompensaba de costumbre sus servicios, en ningún momento llegó a pensar que tanta generosidad escondiese algo parecido a un recurso para insinuarse.

El éxito literario es compañero fiel en la vida de Thomas Mann. Comienza pronto, con la publicación de *Los Buddenbrook*, acaso no tanto con su edición primera de 1901, en dos tomos, que pasó bastante inadvertida, como con la posterior, fechada dos años después, en un solo volumen. Las reimpresiones se multiplican y en 1911 ya son sesenta mil los ejemplares vendidos en Alemania, una cifra extraordinaria para la época. La nota aclaratoria de la Academia Sueca no deja lugar a dudas: el Premio Nobel de 1929 le fue concedido a Thomas Mann por dicho libro.

Por los días en que lo redacta, tiene ante sí, encima del escritorio, un retrato de Lev Tolstói. Lo complace trabajar con la sensación de sentirse observado por el maestro. Del ruso toma Thomas Mann la aspiración al proyecto narrativo monumental, que pesa más sobre su ánimo como una maldición «secreta y dolorosa», conforme se lamenta en un pasaje de su diario, que como una actividad vinculada al gozo. Con Tolstói coincide en entender y practicar la literatura como representación simbólica de la propia personalidad.

Su otro ideal de artista lo encarna la figura siempre por él admirada de Richard Wagner, que le transmite el gusto por la opulencia expresiva, además de una asimilación del talento musical al literario. En un escrito autobiográfico de 1930, Thomas Mann considera la música como «paradigma del arte». En consonancia con ello, profesa un formalismo basado en la combinación de elementos diversos a la manera de una sinfonía. Y él mismo no dudará en atribuir a uno de sus textos más célebres, *La montaña mágica,* el carácter de una partitura.

Hacia 1914, cuando los cañones del káiser retumban sobre los campos de Europa, Thomas Mann es un personaje público que postula ideas reaccionarias. La fiebre nacionalista ha hecho de él un entusiasta de la guerra. La derrota final, con sus desastrosas consecuencias (el derrumbe económico, el caos político, la penuria generalizada), le abrirá los ojos. A ello contribuye también una lectura atenta de la poesía de Walt Whitman. Y en 1922, año en que se reconcilia con su hermano Heinrich, conocido novelista por entonces (hoy ya no tanto), del que lo había separado durante los días de la contienda mundial un abismo ideológico, abraza sin restricciones y para siempre la fe en la democracia.

Dotado para la oratoria, Thomas Mann asume con

carácter inoficial el papel de «embajador cultural» de la República de Weimar, prodigándose en numerosas disertaciones como adalid de la reconciliación europea.

A finales de la década de los veinte comienza a ser objeto de persecución. Los nazis lo amenazan por teléfono y por carta (le envían un ejemplar carbonizado de *Los Buddenbrook)* y lo someten a una agresiva campaña de difamación. La situación se hace insostenible en 1933, con el ascenso al poder de Adolf Hitler. En febrero de dicho año, Thomas Mann emprende con equipaje escaso uno de tantos ciclos de conferencias en el extranjero. Su hijo Klaus le comunica por teléfono desde Alemania que su vida corre peligro y le aconseja (o le ruega) que no vuelva. Habrán de transcurrir más de tres lustros hasta que Thomas Mann pise de nuevo suelo alemán.

Entretanto ha sido despojado de su nacionalidad, así como del doctorado *honoris causa* que le había concedido la Universidad de Bonn. Las autoridades nacionalsocialistas le han confiscado además su casa de Múnich y sus bienes personales, entre ellos la dotación económica del Premio Nobel.

Ahora es, primero con pasaporte checo, más tarde con uno estadounidense, un exiliado. Después de tres años de titubeos (no ha perdido la esperanza de regresar), espoleado por Klaus y Erika, sus dos hijos mayores, muy activos en la resistencia política, condena públicamente al régimen nacionalsocialista. A partir de ese instante, será una de las figuras carismáticas del exilio alemán, a cuya causa contribuirá con dedicación constante y gestos de solidaridad que desmienten la fama de hombre desapasionado y gélido que se le achaca.

Escritor prolífico hasta el término de sus días, los primeros síntomas de la arteriosclerosis que provocará su muerte a edad avanzada le sobrevienen en Holanda, donde, en un discurso emocionante, además de ponderado y lúcido, pide perdón al pueblo holandés en nombre de la cultura en la que se crió y de la cual se sabía, no sin motivo, uno de sus más destacados representantes.

10
Padre a rachas

Hablando otro día, a propósito de Thomas Mann, de la relación tantas veces compleja de padres e hijos, le referí al Viejo un pequeño episodio que me sucedió hace unos cuantos años, durante una comida de familia en San Sebastián. La costumbre de encontrar mi nombre y mi fotografía en los periódicos no terminaba de disipar en mis padres, ya mayores, un motivo de extrañeza. ¿Cómo era posible que el hijo de un sencillo obrero fabril y un ama de casa hubiera hecho carrera de escritor? Deduje antes de nada que, a mis cincuenta años, ellos seguían viendo en mí al niño que gemía en la cuna o se aventuraba a dar sus primeros pasos de hombrecito erguido, y no les resultaba fácil vincular aquella imagen antigua con la actual.

La pregunta no sólo se la hacían ellos, sino que les había sido dirigida en más de una ocasión por parientes y conocidos. Sospecho que mis padres consideraban más plausible la intervención de un hada protectora o de un santo milagroso en mis asuntos que su influencia beneficiosa sobre mí. De hecho, mi madre solía encender velas en casa para que santa Rita de Casia me ayudase a aprobar los exámenes.

Mi padre, bondadoso como siempre, afirmó aquel día que ni mi madre ni él me habían podido enseñar nada. Con todos mis respetos, disentí. Me parecía fácilmente demostrable que el hecho de haberme procreado había sido un buen comienzo para todas mis actividades intelectuales posteriores. Pero había, por supuesto, mucho más. Considero que he recibido afecto, aun cuando mis progenitores no fueron nunca dados a transmitirlo en forma oral. En mi casa no he oído jamás un te quiero; a uno, simplemente, le estampaban a diario los labios en las mejillas o lo estrujaban dentro de un abrazo.

Mi madre, que había conocido no pocas privaciones en su juventud y había pasado tal vez más hambre de lo que su coquetería femenina le permitía reconocer, tenía cuando yo era pequeño la obsesión de alimentarme, se entiende que mucho y bien. Ese instinto de dar de comer al hijo lo ha conservado hasta la vejez. Todavía me envía paquetes con productos alimenticios a mi domicilio en Alemania. Estoy convencido de que la sana alimentación durante mi infancia, unida a las incontables horas de juegos y carreras al aire libre, me ha dispensado hasta la edad adulta (toco madera) de enfermedades graves.

Sentados todos a la mesa, continué enumerando favores, muestras de generosidad, lecciones de vida, la suprema enseñanza de la aplicación y la modestia, así como diversas causas de alegría a ellos debidas, y mis padres me escuchaban boquiabiertos. Evoqué emocionado la mañana del día de Reyes en que, al levantarme de la cama, yo adolescente, encontré uno de los regalos más estimulantes que nadie me haya hecho jamás: un escritorio enchapado en formica, con una fila de cajones a un costado.

Mis padres me daban de vez en cuando dinero para libros. Me compraron a plazos la enciclopedia Focus, que aún conservo. Jamás cuestionaron mi afición a la literatura, que a menudo me inducía a pasar las noches en vela, fumando, leyendo, garabateando poemas a la luz de un flexo. Ellos, en fin, que vivían de un solo y módico salario, costearon con no poco sacrificio del presupuesto familiar mis estudios en la universidad. Y todavía dudaban de su participación en el proyecto principal de mi vida. Les di allí mismo las gracias y se las volví a dar tiempo después *por medio de una dedicatoria pública imprimida en uno de mis libros. Celebro que personas tan humildes como mis padres hubieran hallado en los frutos de mi esfuerzo algún tipo de confirmación, puede incluso que de orgullo.*

Otros escritores lo tuvieron tal vez más difícil, aun cuando se hubieran criado en el seno de familias cultas, famosas, adineradas. En el año 2010 se publicó en España uno de los testimonios autobiográficos más hermosos y conmovedores que me ha sido dado conocer sobre la relación paternofilial. El entusiasmo me dictó en su día un comentario. Me ofrecí a prestarle al Viejo mi ejemplar. Aceptó encantado. El viernes, a primera hora de la tarde, mandó a su asistente a mi casa para que lo recogiera y se lo pudiese leer en voz alta antes de nuestra reunión del jueves siguiente. Mostró asimismo deseos de que yo le leyera mi comentario.

Romper tabúes es fácil. Basta con rebasar límites, acción al alcance de cualquier persona, particularmente si carece de sentido del ridículo. Acabar con los tópicos requiere, por el contrario, un esfuerzo mayor que implica ciertas aptitudes. La tarea, salvo que consista en la sustitución de un lugar común por otro, obliga al interesado a emplear a conciencia los recursos de su sensibilidad, su erudición y su intelecto, puesto que todo tópico se asienta por definición en nociones superficiales.

A propósito de tópicos, uno bastante extendido en los tiempos modernos atribuye a los varones una torpeza ingénita para la manifestación verbal de los afectos. Ocurre, sin embargo, que la realidad abunda en colores y facetas, y quienes tienen por costumbre probar los frutos selectos de la inventiva humana saben que la referida suposición se incumple a cada instante. A menudo, como es el caso del libro *Tiempo de vida* (Anagrama, 2010), de Marcos Giralt Torrente, la sentencia trivial no aguanta de pie la lectura de media docena de renglones.

El libro de Giralt Torrente recorre en forma confesional la compleja convivencia, por espacio de casi cuarenta años, de dos varones, padre e hijo, descrita por este último cuando el primero ya había fallecido. El relato se caracteriza por su elevada temperatura afectiva. Al no servirse de procedimientos ficcionales, establece la plena identificación entre quien narra y comenta los episodios y quien los vivió. El resultado, con ser por supuesto autobiográfico, no se reduce a una mera crónica de intimidades. En él se desnuda por así decir un alma herida. Lo hace con calidad y hondura literarias, si bien en un «no estilo» o estilo transparente, de agradable naturalidad, que dispensa a los lectores del incordio de acceder a la sustancia significativa del texto a través de un muro de lenguaje artificioso.

Tiempo de vida constituye una tentativa de ajuste de cuentas que no se consuma. El aserto contradice al autor, que también se contradice en su relato, movido al comienzo por las razones del resentimiento, vencido a la postre por las más poderosas del amor correspondido. Razones todas ellas que más tienen que ver con los impulsos de un corazón sobremanera sensitivo que con las deducciones reposadas de la lógica común.

Conforme el libro avanza se va apartando de su designio inicial, desmintiendo la lista no corta de agravios consignados en el curso de sus sesenta páginas primeras. De escribir contra el padre se pasa poco a poco a escribir sobre el padre. La transición se verifica en la escritura, densa de pensamientos y de emociones a duras penas contenidas, al modo paulatino como el proceso paralelo se verificó anteriormente en la vida de quien con tanta generosidad se sincera ahora consigo mismo y sus lectores.

Bien es cierto que el empeño rencoroso no habría obrado efecto alguno después de fallecido su natural destinatario. Cuando este vivía, el escritor lo hizo objeto de su venganza, incluso llegó a matarlo, según confiesa, trasuntado en personaje de novela. El escritor podía haberse resarcido creando una mala imagen póstuma de su progenitor para curiosidad y deleite morboso de cierto tipo de público aficionado a los trapos sucios.

Cicatrizadas las viejas heridas, la escritura de Giralt Torrente se inclina por opciones harto más sutiles y más humanas. Todas las cuales, juntas, trazan un recorrido confidencial que, partiendo de la suma de vivencias de un muchacho que se considera en largos trechos de su vida desatendido por su padre, culmina en la reconciliación de ambos. Esta felicidad final tiene, sin embargo, un regusto triste de despedida definitiva debido a la enfermedad que se ha cebado en la figura paterna. *Tiempo de vida* debe al reencuentro del padre y el hijo en circunstancias infortunadas sus páginas más intensas.

La historia completa de la relación entre ambos pasa por tres fases. Se distinguen unas de otras, además de por factores biológicos, por el tipo de convivencia predominante en ellas, siendo en la intermedia, la más larga, donde se acumulan las disensiones. La primera fase presenta una estructura vertical. El padre grande, pintor de cierto renombre, modelo masculino dotado de fuerza fascinadora, arriba; el hijo de corta edad, que observa los asuntos humanos desde la perspectiva precaria de los niños, abajo. Dicha fase está exenta de episodios conflictivos o traumáticos, aun cuando el padre frecuenta de manera intermitente el hogar familiar y no tardará en abandonarlo. Los recuerdos de infancia de Giralt Torrente son en líneas generales plácidos; también en lo que respecta al padre, un hombre de talante liberal, en modo alguno favorecedor de la educación basada en métodos punitivos. Débil, egoísta, desinteresado, sí; pero no violento.

Los episodios de discordia menudean a medida que la

relación se torna horizontal; esto es, cuando el hijo adolescente comienza a forjarse una personalidad propia y mira a su padre desde una altura de ojos similar. Los mencionados episodios cesarían a buen seguro si derivasen en ruptura. No se dan, sin embargo, situaciones irreversibles en esta historia de dos varones de carácter noble, cada uno con su carga particular de yerros y defectos, pero limpios los dos de maldad; varones que durante largo tiempo se quieren, admiran y necesitan más de lo que están dispuestos a reconocer el uno en presencia del otro; que se echan de menos a todas horas, pero cuando están juntos, sea por amor propio, por su talante susceptible o por influencia de terceros, no terminan de avenirse.

Las causas de los numerosos desencuentros son múltiples. Dos de las enumeradas en el libro destacan sobre todas las demás: la soledad dolorida del muchacho, más tarde del joven escritor, frente al padre que no ejerce como tal sino a rachas, con frecuencia a escondidas de su segunda mujer (personaje esencialmente negativo al que Giralt Torrente saca un provecho literario memorable), y la decepción originada por la negativa paterna a acudir en momentos de apuro económico al hijo y a la madre del hijo, su primera esposa.

La fase última de la relación también es vertical. Ahora el hijo, que ya ha cosechado algunos éxitos como escritor, está arriba y el padre frágil, marcado por la enfermedad mortal, desatendido por su esposa, abajo. El hijo, sin darse cuenta, se convierte por así decir en el padre de su padre, a quien socorre y consuela y acompaña, a quien engaña con mentiras piadosas para protegerlo de la angustia, asistiéndolo en todo momento, intercambiando con él cariño y manteniéndose a su lado hasta el final.

Con elegante contención, también con respeto a la figura evocada, Giralt Torrente elude los tonos crudos o meramente anecdóticos en la crónica sobria de las adversidades últimas de su padre. *Tiempo de vida* demuestra al modo de las obras valiosas que la sencillez, en literatura, es lugar adecuado para el acomodo de toda clase de sutilezas psicológicas o para ejercer con ella el pensamiento profundo; que la gramática del oficio es poca cosa, por no decir que no es nada, si está vacía de aquella especial vibración humana que, compatible con cualesquiera valores estéticos, tanto señala a los grandes artistas como a las grandes personalidades.

11
Del hombre pálido al piel roja

No he tenido la desenvoltura ni me ha apretado la tentación de revelar por escrito mis debilidades, mi mugre confidencial, mis secretos vergonzosos. Tampoco hasta hoy he hecho a mis familiares y amigos la faena de contar los suyos. ¿Quién que haya nacido no supuró alguna vez por un costado o por otro?

Recuerdo con repulsión, como le dije al Viejo, un pasaje de Patrimonio, de Philip Roth, en el cual el novelista famoso describe a su padre rebozado en excrementos. No es la figura evocada del padre la causa de mi repugnancia, sino la actitud del escritor que hace su obra y su ganancia a expensas de la decrepitud paterna. El libro abunda en escenas que muestran al pobre anciano en poses desfavorables. ¿Con qué fin? ¿Aprendemos algo con esos crudos episodios de desmoronamiento físico, entretienen nuestro ocio de lectores acomodados en un sillón, nos mejoran como seres humanos? A mí el moribundo y cagado padre de Philip Roth me produce lástima y no poca vergüenza ajena.

Hablando de la conveniencia de hacer o no cierto tipo de revelaciones, al Viejo le entró curiosidad por saber si escribo diarios. Le respondí que, aunque escasamente aficionado a llevar la cuenta de los hechos vulgares de mi vida, no niego que haya por ahí escritos míos de carácter privado. Ahora bien, por regla general prefiero servirme de la ficción para relatar experiencias, a veces duras y penosas, vividas por mí o de las cuales he sido testigo. Delego entonces en trasuntos literarios creados al efecto la

105

interpretación de lo que fuera que me ocurrió, aun cuando tengo poco empacho en ser desleal a los recuerdos si considero posible obtener por vía de la imaginación mejores resultados literarios.

Reconozco que he sido tal vez pudoroso al limitar el espesor confesional en mi literatura. Sin embargo, últimamente noto que me atrevo a aventurarme un poco más en terrenos privados, ya sea por influencia de algunas lecturas, ya sea por recomendación de amigos que me animan a trazar un dibujo de nuestra época relatando hechos autobiográficos.

Un caso modélico de cómo abrir al público la caja de las intimidades sin perder la dignidad ni arrebatársela a nadie lo encuentro, además de en el libro conmovedor de Giralt Torrente, en los diarios de Juan Gracia Armendáriz, escritos en una situación física delicada, por no decir grave o muy grave. Muestran la personalidad de un hombre valeroso, elegante en la forma de afrontar desde la literatura de calidad sus penalidades y de ensalzar, a pesar de la angustia y el dolor, la vida propia y la de tantos otros compañeros de padecimiento.

El Viejo me hizo prometer que otro día le leería páginas de los referidos diarios de Gracia Armendáriz. Yo así lo hice y, con su consentimiento, acariciados la lengua y el paladar con un sedoso Saint-Émilion Grand Cru de más de veinte años, agregué la lectura de las siguientes reflexiones:

1. *Diario del hombre pálido*

Sabido es que revelar en sucesivas jornadas de escritura confidencias personales, incidentes de la propia conciencia, sucesos nuevos o antiguos vividos por el mismo que los expresa, conduce al diario. Incluso cuando es concebido para que lo lean otros, un diario consiste básicamente en una crónica de la intimidad. De ahí que su poder de sugestión no resida, como ocurre con las ficciones narrativas, en el manejo adecuado de los recursos habituales de la verosimilitud. El diario, aunque contenga errores, aunque lo redacte un mentiroso o sirva de soporte formal a una historia inventada, es por su propia naturaleza manifestación de una verdad testimonial. No se predispone a encontrar otra cosa quien emprende su lectura.

La verdad extraordinaria o vulgar de un individuo, comunicada por él mismo con franqueza, no garantiza por sí sola la excelencia literaria. Practicar por escrito la sinceridad y haber protagonizado hechos notables en la vida se compadece sin problemas con la circunstancia de ser un pésimo escritor. Lo cual no obsta para que la magnitud literaria de un escrito determinado proceda tanto de ciertas cualidades de la personalidad humana del autor como de su destreza en el uso del instrumento expresivo.

No tantas veces como quisieran los aficionados a los buenos libros, pero sin duda con más frecuencia de lo que proclaman los adeptos a la queja, se produce en algunos textos la armónica fusión de un lenguaje de calidad y los testimonios de un hombre profundo y sensible que, además, tiene algo interesante, acaso conmovedor, que contar. A este género de obras pertenece el *Diario del hombre pálido* de Juan Gracia Armendáriz.

El libro abarca ciento sesenta y nueve días de escritura confesional, datados en el año 2009. La elección de dicho tramo de tiempo, hasta cierto punto fortuita, afecta someramente al contenido de un texto que no pretende ni la narración ni el comentario de la actualidad, aunque de manera esporádica asuma también ambos cometidos. El diario de Gracia Armendáriz empezó a gestarse al amparo de una revista cibernética, *La Casa de los Malfenti*, y su difusión por entregas fue completada en la página web de la editorial Demipage, responsable más tarde de su publicación impresa. La iniciativa propició una modalidad de lectura que antes de la invención de internet resultaba insólita. Y es que numerosos interesados tuvieron ocasión de conocer el diario a medida que su autor lo iba componiendo y no, como ocurre de costumbre, en la versión completa de un cuaderno o un libro.

El *Diario del hombre pálido*, escrito en una fecha anterior o posterior, habría consignado por fuerza peripecias distintas de las que ahora contiene; pero en lo esencial habría seguido consistiendo en la suma de impresiones y testimonios de un escritor aquejado de una dolencia grave. Para decirlo con la nitidez con que él se expresa, tras más de veinte años viviendo con un riñón trasplantado, a Gracia Armendáriz se le reproducen los problemas asociados a la insuficiencia renal que padece desde joven. Por este motivo debe someterse a sesiones periódicas de hemodiálisis mientras espera el azar venturoso de un nuevo riñón.

Trivializaríamos el libro si afirmáramos que trata primordialmente de eso. Nada más inexacto. La citada enfermedad no supone tan sólo un asunto del que el autor se ocupe por extenso. Es otra cosa más profunda. Es, sobre todo, una perspectiva, por cuanto Juan Gracia Armendáriz escribe, a menudo con propósito reflexivo, sobre múltiples cuestiones sin esquivar el relato clínico, pero sin limitarse a él, con y desde la enfermedad que condiciona sus días. Su diario no finge un género literario, aun cuando a la literatura, entendida como actividad artística, no le cueste acomodarse a la prosa serena, sobria, bien trazada, con que el libro está escrito. El material autobiográfico llega a los lectores sin el «parapeto de la ficción» (el concepto es de Gracia Armendáriz) al que el autor se había acogido con anterioridad en su novela *La línea Plimsoll*.

El *Diario*, meritoriamente, reúne diversas rebeldías. Para empezar, el hombre generoso que nos invita a compartir pormenores de su intimidad y que en páginas a menudo intensas y no pocas veces irónicas nos muestra sin tapujos sus padecimientos, se niega a ser su enfermedad. Se niega a consistir exclusivamente en ella; a ser abarcado, tragado, explicado por ella; a encerrarse a solas con su ego doliente. He ahí una lección moral expuesta sin alharacas, sin vanidad de estilo y sin frivolidad por un hombre sencillo a quien el perdurable sufrimiento no ha logrado encoger el corazón. Antes al contrario, su libro abunda en pasajes que revelan una actitud positiva ante la vida, con todo lo que esta contiene de bueno, de hermoso, de disfrutable incluso para quienes, como él, no se hallan en las mejores condiciones para el disfrute. El texto alterna las púas críticas (dianas más comunes: las conductas hipócritas, la incomprensión del dolor ajeno y el trato a veces poco humano, por no decir vejatorio, del personal sanitario) con pasajes de gran ternura, suscitada por la presencia de algún animal, por los gestos de solidaridad entre pacientes, por las evocaciones cinegéticas a la vera del padre y, con especial ahínco, hasta constituir uno de los núcleos temáticos del diario, por el amor correspondido del autor a su hija.

En coherencia con su celebración de la existencia, Gracia Armendáriz concibe la escritura como «un acto de afirmación». Hay en este punto una ostensible concomitancia con aquel postulado de Albert Camus que reclamaba para toda acción de rebeldía una consecuencia creativa. El rebelde dice *no* para defender un valor positivo para él y sus semejantes. Y en esa línea constructiva se coloca Gracia Armendáriz cuando desaprueba la impostura, los comportamientos insinceros, la «coquetería estilística», o cuando tacha de inelegante, e incluso de irrespetuoso, el designio de reducir la literatura a una mera exhibición de llagas.

El humor afable, pura entereza, aporta otra de las rebeldías más frecuentes en el *Diario del hombre pálido*. Humor que, en medio del temor y la desdicha, ahuyenta con naturalidad los tonos patéticos, el resentimiento, el regodeo en las propias heridas, y que alcanza a cada paso momentos narrativos tan entrañables como risueños, como cuando el escritor sugiere de broma a la rueda de candidatos a recibir un trasplante que se jueguen a los chinos el riñón recién llegado al hospital, o cuando remeda la jerga de los enólogos para describir los distintos tipos de orina de acuerdo con sus respectivos colores. El humor desdramatiza la propia desgracia sin negarla, de paso que preserva la lucidez y hace posible, en un mundo francamente difícil, por no decir algo peor, el milagro ocasional de la sonrisa. A veces un puñado de páginas basta para salvar la dignidad humana.

2. *Piel roja*

El mismo hombre, parecidas circunstancias, idéntico propósito confesional: *Piel roja* (2012) es la continuación del *Diario del hombre pálido*. El primer volumen abarcaba ciento sesenta y nueve días de escritura; el segundo comienza con el número siguiente, lo que elimina cualquier duda acerca de la voluntad del autor por proseguir y completar el proyecto iniciado. Pese a las innegables concomitancias, *Piel roja* es un texto autónomo, dotado de coherencia propia, comprensible, por tanto, y disfrutable sin la lectura previa del hermano literario que lo precedió.

Por supuesto que a ambos títulos los vincula algo más que una estructura compartida. Los dos son, en esencia, crónica y reflexión pormenorizadas, en primera persona, de un escritor aquejado de una dolencia renal grave. Se ha producido, no obstante, entre uno y otro libro una variación de capital importancia con respecto a la enfermedad, de donde deriva un cambio en la perspectiva del relato. El hombre que se calificaba a sí mismo de pálido en el primer diario escribía desde la posición de quien se encuentra sometido a un problema físico de difícil solución, hasta el punto de que no había un solo pasaje de su testimonio cotidiano sobre el que no pesara la eventualidad de un fatídico desenlace, lo que hacía, por cierto, particularmente admirables el afán de resistencia y el vitalismo del escritor. Aquel paciente desmejorado, cuya supervivencia dependía de una máquina dializadora, se convierte en el transcurso del segundo diario en un hombre de tez rubicunda que incluso recibe el alta médica tras superar con éxito un trasplante de riñón. *Piel roja* es, entre otras cosas de no menor relevancia, el diario de un hombre que poco a poco se salva.

Esta peculiaridad confiere a los sucesos narrados un orden que evoca el de la escritura ficcional. Como tal pueden leerse aun cuando todos ellos provengan de experiencias vividas previamente por el mismo que las refiere. Hay, pues, en las revelaciones íntimas de *Piel roja* una progresión de aventura, esto es, una alternancia de lances infortunados y venturosos, de idas y venidas inciertas que culmina en una expectativa final cumplida, por tanto en un remate feliz.

Feliz no equivale aquí a trivial ni sugiere los modos risueños de las comedias. El lector no necesita haber acumulado padecimientos para comprender hasta qué punto entraña una liberación, un alivio dichoso, avistar, tras larga marcha a oscuras, la luz que anuncia la salida de la caverna. ¿Quién ignora que cuantas más privaciones y desgracias le depare la vida, de menos bienes y venturas necesita para estar contento? Numerosos pasajes de *Piel roja* lo confirman. Sin ir más lejos, el acto aparentemente simple de orinar alcanza para el que no podía llevarlo a cabo desde hace largo tiempo una magnitud de felicidad y, por consiguiente, de acontecimiento digno de atención literaria. No en otra cosa consiste la felicidad de quien lo ha pasado mal sino en el prodigio diario de seguir vivo pese a todo, con las potencias más o menos intactas para disfrutar, agradecido por cada instante nuevo de existencia, cada inhalación de oxígeno, cada pequeña dádiva con que tiene a bien obsequiarlo la jornada, desde el vuelo de un pájaro hasta la lectura de una buena novela, pasando por el placer de una cerveza fresca o el abrazo de un ser querido. De semejantes milagros, quizá poco valiosos para el que vive con salud y holgura, se ocupa ampliamente el relato confesional de Juan Gracia Armendáriz.

No es uno de sus méritos menores haber logrado representar con altura literaria y verdad humana una experiencia inmediata de la penalidad física. Dicha inmediatez procede de la naturaleza misma del diario, que consigna hechos y vivencias conforme a su paulatino transcurso actual. Los verbos en tiempo presente contribuyen a suscitar en el lector la sensación de cercanía con cuanto se le está contando. El libro no concadena evocaciones. Todo está sucediendo ahora, en una sucesión minuciosa y comentada de presentes.

Con buen gusto, Gracia Armendáriz expone su experiencia cotidiana de la enfermedad evitando a toda costa los tonos patéticos. Téngase en cuenta que el diario fue escrito para lectores. Es, sí, escritura confidencial, pero formada dentro de un molde literario. Allí donde a otro tipo de temperamentos se les abriría espacio para la quejumbre, Gracia Armendáriz opta por recursos expresivos que contrarrestan el dramatismo, sin incurrir por ello en la parodia. Recurre principalmente al humor; pero también, por poco que en una situación adversa afloren síntomas de injusticia, de trato frío o descortés, a la protesta y la insumisión contra el personal sanitario que muestra poca o ninguna delicadeza con los pacientes.

La conversión en literatura de vivencias dolorosas ocurre a menudo en *Piel roja* por medio de imágenes provistas de gran fuerza plástica. La proximidad de la muerte, por citar un ejemplo, es simbolizada mediante la llegada de langostas que vuelan en torno al señalado. En otro episodio, el pinchazo urticante de una medusa ayuda a describir determinadas sensaciones mortificantes durante el tratamiento. A veces, el poeta cede el teclado del ordenador al humorista, como en los pasajes en que Gracia Armendáriz alude al Pinocho, la máquina a la que está acoplado, por el ruido que emite el mecanismo, o cuando el autor recibe del Gobierno de Navarra una notificación oficial relativa al fallecimiento de un ave; si no es que, en medio de sus temores y padecimientos, abre un resquicio para la pulsión erótica al ser asistido por una enfermera atractiva.

Piel roja es más, bastante más que un conjunto de escenas de hospital. El libro está trenzado también con hilos narrativos que no tienen que ver directamente con la enfermedad, aunque por fuerza estén manejados por las manos del escritor enfermo. Las relaciones familiares y afectivas ocupan un lugar preeminente. La figura recordada del padre da lugar a episodios que en ocasiones rozan el esperpento, sin que el lector deje por ello de percibir entre líneas una vibración de ternura.

Pueblan el diario otros seres próximos al escritor: la madre troncal, centro y presencia constantes, lo mismo si está como si no está en escena; la prima Cristina, que, en un rapto de generosidad para el que no existen adjetivos que le puedan hacer justicia, ofrece uno de sus riñones al enfermo; Alejandra, la hija adoptiva, protagonista asimismo de escenas de convivencia y afecto en *Diario del hombre pálido;* un nuevo amor que sella el carácter dichoso del final del libro y, nunca olvidados, los compañeros de tantas sesiones de hemodiálisis.

Preferencias literarias, paseos por el bosque, peripecias familiares, Facebook y un sinfín de asuntos abordados, con chispa irónica unos, desde la gravedad de la reflexión y la crítica otros, y siempre con buena prosa, merecen igualmente atención en un libro que tan pronto le pone a uno los pelos de punta como le hace sonreír y divertirse, y que a fin de cuentas constituye un emocionado y emocionante canto a la vida.

12
Elegía exultante

El jueves del sublime Viña Tondonia Gran Reserva Blanco 1973 le conté al Viejo que durante mis primeros años de universidad, al llegar el verano, solía colocarme de temporero con la idea de contribuir a la financiación de mis estudios; también, no voy a dármelas de héroe, para costear ciertas expansiones que hacen, no sé si más digna, pero desde luego más divertida la juventud.

Total, que trabajé dos veranos consecutivos de recadista en una farmacia del barrio de El Antiguo y, los domingos, en el hipódromo de Lasarte como vendedor de apuestas; un tercer verano en la fábrica de Cervezas El León, en la sección de lavado de barriles, y otro en la central lechera Gurelesa, donde por espacio de mes y pico pasé ocho horas diarias colocando cajas en palés.

El trabajo me rompía el día, me apartaba de los amigos, me mataba de tedio; pero nunca lo viví como una humillación, sí como una advertencia que al mismo tiempo implicaba un estímulo. Aplícate a los estudios, chaval, me decía, si quieres evitar los inconvenientes de la clase trabajadora a la que perteneces y en la que, como no espabiles, te quedarás para siempre.

En Cervezas El León me pagaban los sábados por la mañana. El encargado pasaba por la sección y decía: Ahora tú, y de este modo indicaba a cada uno de los temporeros el momento de acudir a la oficina. Allí un empleado me preguntaba el nom-

bre, hacía una anotación en el registro de cuentas y me entregaba un sobre de color beis con cinco mil ochocientas pesetas. Las cinco mil, peseta arriba, peseta abajo, iban a la libreta de ahorro. El pico me lo gastaba por la tarde en un tomo de obras completas de poesía.

Fue por entonces cuando incorporé a mi incipiente biblioteca los volúmenes de Cernuda, Salinas, García Lorca, Alberti y algunos más. Esta compra de los sábados en la librería Lagun era para mí una pequeña apoteosis que me compensaba del aburrimiento, la suciedad, el ruido de los cinco días precedentes en la fábrica.

Entre los libros adquiridos no sé si aquel verano o el siguiente, cuando trabajé en la central lechera, estaba el de las obras a la sazón completas de Vicente Aleixandre, en un tomo de la editorial Aguilar con pastas verdes. En sus páginas, como en las de otros libros de poetas venerados, derramé algunas gotas del agua de colonia que yo usaba por entonces. Aún me parece percibir aquel aroma de mi juventud, atenuado por los años, cuando meto la nariz entre las páginas. Y sea por la textura porosa del papel o porque me excedí al echar las gotas, el caso es que el libro de Vicente Aleixandre es el que mejor ha retenido aquel olor antiguo.

No deja esta de ser una razón para profesarle estima al libro. Hay, sin embargo, otra no menos perdurable, vinculada a la calidad suprema de la escritura. No abundan en la literatura española los escritores que hayan intentado el estilo alto. Desde los albores del idioma, España prefiere lo popular. Todavía es frecuente que este o el otro escritor repruebe en público el uso de vocablos inusuales, ciertas formas selectas de la adjetivación o cualesquiera recursos lingüísticos que alejen la lengua escrita del habla de la calle.

Este criterio estricto favorece el realismo y ha dado en Espa-

ña títulos notables. Tan legítimo me parece que yo mismo lo he empleado en repetidas ocasiones; por cierto, sin necesidad de impostar la lengua llana en la que me expresé de niño y adolescente, si bien, al contrario de tantos escritores cultos, no tuve otra elección. El mencionado criterio, sin un oportuno contrapeso, es a la larga monótono y resulta pobre también para la práctica de la novela. Es incluso algo peor: un serio obstáculo a la imaginación innovadora.

En las fábricas de mis años de estudiante, en casa, en nuestro barrio del arrabal poblado de familias obreras, yo percibía el abismo que separaba a toda aquella gente sencilla, pero no insensible, del dominio del idioma. En mí, le dije al Viejo, pude probar los efectos beneficiosos de los autores, no fáciles, que ensayaron el estilo alto, como Vicente Aleixandre durante un periodo prolongado de su actividad literaria. Recluido en mi habitación, yo leía con afán de aprender y disfrutar sus poemas caudalosos, de sonoridad exuberante, de una grandeza expresiva imposible en mi medio social; poemas salpicados de tantas cosas que nos faltaban; de maravillas conceptuales, por ejemplo, y de combinaciones novedosas de palabras, y comprendía que lo que aquel poeta me daba (y su libro no costaba más que otros escritos para el pueblo) era no sólo un conjunto de textos valiosos por su profundidad y su hechura extraordinaria, sino una opción para mí liberadora, una escala con la cual salir de aquel pozo de los privados de la palabra en que yo me hallaba atrapado por razón de mi modesto origen.

Muchos años más tarde, la publicación de mi primera novela me abrió algunas puertas. Un periódico me invitó a publicar un artículo de tales y cuales dimensiones (ya no me acuerdo) sobre un tema de mi elección. Pensé al instante en Vicente Aleixandre.

El Viejo, cuando se lo dije, acercó sonriente su copa para chocarla con la mía.

Uno frecuenta diarios, libros de memorias, de viajes y, en fin, ese estilo de obras en las cuales una persona expone sin demasiada afectación parcelas de su intimidad; uno se deja subyugar por la fuerza de un determinado pasaje novelesco, por la viveza de una descripción, por la gracia de un cuento o simplemente por las cosas de siempre (la eufonía, la nobleza expresiva, la altura intelectual), y nota, sin caer en la tentación de engañarse a sí mismo, que con parte de lo que hay allí escrito con buen gusto y con densidad de pensamiento alcanza a satisfacer sus necesidades poéticas elementales.

Hubo un tiempo en que, para preocupación de familiares y enojo de vecinos, practiqué el hábito con frecuencia nocturno de leer versos en voz alta. Me movía el deseo de sacarles gusto a los aditamentos rítmicos que se supone no han de faltarle a un buen poema. Por fortuna, ya me curé de esa y otras fiebres aún peores de juventud. En la agonía del verso, que no es más que la agonía del texto compuesto para ser recitado a la usanza tradicional, advierto dos coletazos vivificadores en el transcurso del siglo xx. El uno es el fecundo envión surrealista; el otro radica en la sólida implantación del verso libre. Al romper con multitud de convenciones, ambos fenómenos favorecieron el brote de una poesía novedosa, variada, de contenidos adaptados a los tiempos modernos. Dentro de ella no puede dejar de mencionarse, por méritos propios, la poesía excepcional de Vicente Aleixandre.

De vez en cuando vuelvo a tres o cuatro títulos suyos. A *La destrucción o el amor,* por ejemplo, en cuyas páginas compruebo que la poesía continúa resistiendo el efecto fosilizador de los años. Por suerte, el libro está exento de lo que con mayor rapidez caduca en materia de arte literario: el pormenor cómico cuya intelección exige el conocimiento previo de una anécdota.

He aquí un esfuerzo de la sensibilidad consagrado a la sustancia. Se hablaba a menudo con acento de reproche, por la época en que fue concebido el título antedicho, de deshumanización, de torre de marfil, de literatura para minorías, rotundidades que, transformadas en canon literario, cristalizaron en un periodo no breve de monotonía realista.

La destrucción o el amor consiste en muchas cosas bellas; pero hay una en especial que me incita de tiempo en tiempo al gozo seguro de la relectura. No conozco un caso análogo de elegía exultante. ¿Quién muere de continuo en estos poemas de Vicente Aleixandre? En realidad, nadie. O quizá sí: una muchacha que, por otro lado, es un agua; la felicidad antes de tornarse hierba, o el propio sujeto hablante del poema, que implora su destrucción a cambio de encarnarse en la forma venerada. Se muere, pero se sigue conservando el ser en virtud de una transformación ontológica que para el poeta significa más que nada un manantial permanente de imágenes poéticas.

Todo lo derrama el poeta en espacios naturales de los que han sido excluidos el paso del tiempo y la conciencia del individuo. No hay, por consiguiente, tragedia en el mundo idealizado de Aleixandre. Lejos del espacio vital del hombre ordinario, la naturaleza de sus poemas es un ámbito creado para la poesía, un lugar de intensa actividad verbal, de fuerzas irracionales, de belleza violenta y exaltante.

Un destino común vincula a los seres diversos. *El mundo todo es uno,* afirma el poeta, facilitando sin rodeos la interpretación panteísta a sus exégetas. El destino individual no tiene cabida en dicha realidad superior en la que todo es igual *(Agua o luna es lo mismo),* todo es equivalente y comparable, lo que sin duda explica el uso frecuente en los versos de Aleixandre del adverbio *como* o de la conjunción *o.*

El poeta convoca una copiosa colección de animales. Algunos de ellos constituyen el núcleo temático del poema. Así la cobra venenosa o el humilde escarabajo. Cualquier forma que encierre vida merece ser nombrada con apasionamiento. No otro es el tono predominante en la obra. Un tono de júbilo suscitado por la afortunada existencia del cosmos. Un tono de exaltación vitalista y de arrebato sensual.

La comunión de los seres entre sí y con el mundo (y el mundo, para Aleixandre, no es una seca premisa, sino mares, una columna, el fuego) desencadena el amor. El amor es plenitud cósmica consumada mediante la fusión con el objeto amado. No se trata de una fusión mística, platónica o simplemente mental; antes al contrario, física y bien física o, si se quiere, telúrica, vocablo un tanto pretencioso del que no obstante hago uso ahora a fin de preservar la poesía amorosa de Aleixandre contra posibles trivializaciones anatómicas. Lo ilustra con exactitud «Unidad en ella», el poema más famoso del libro, al que pertenecen estos versos igualmente célebres: «*Quiero amor o la muerte, quiero morir del todo, / quiero ser tú, tu sangre, esa lava rugiente*». Lo absurdo, lejos de resolverse en forma chusca, contribuye a la belleza y hondura del conjunto, logradas por lo regular mediante vocablos de intensa sonoridad. La máquina surrealista es manejada por el poeta de suerte que no se le confiere al azar la potestad de elegir a su antojo las palabras. La novedad sonora de su lenguaje poético pide un esfuerzo al oído aún no avezado, así como otro de carácter reflexivo el disfrute de los perdurables aciertos literarios contenidos en el libro.

13

Inventiva fecunda

En el año 1979, Gabriel Celaya accedió a que lo entrevista-se para la revista Kantil de literatura. Quedamos una tarde, a una hora determinada, en un bar próximo a su domicilio y yo acudí a la cita con una grabadora y un amigo del Grupo CLOC de Arte y Desarte. Celaya era un poeta consagrado que se pasea-ba con pelo blanco y sonrisa afable por la Parte Vieja de San Sebastián, siempre del brazo de su compañera Amparo Gastón, y se paraba a hablar con todo el mundo. Un día me enseñó en-tusiasmado unas radiografías que confirmaban un diagnóstico favorable.

En casa preparé una lista larga de preguntas. Unas cuantas rayaban en la insolencia: ¿Ha escrito alguna vez en el retrete? ¿Cuál es su peor libro? ¿Hay alguno bueno? En ese tono.

Gabriel Celaya era un hombre risueño y extravertido con una tenaz propensión al dogmatismo, al menos en la materia que a mí más me interesaba por entonces, por no decir la única. Me refiero a la poesía. No descubro ningún misterio si afirmo que sus convicciones ideológicas le vedaban el ejercicio de la líri-ca. Celaya creía ingenuamente que expresar por escrito los por-menores de una conciencia subjetiva constituye un acto de inso-lidaridad. Estamos enfermos del yo, afirmaba. A partir de semejante premisa ya sólo es concebible la poesía como himno o como texto versificado para un coro.

La escena que componíamos en aquel bar no podía resultar

más paradójica. A un lado de la mesa estaba él, hijo del dueño de una fábrica, señorito burgués con estudios de ingeniería industrial, un niño grande a las puertas de la vejez, que postulaba la función del poeta como portavoz de la clase social baja; al otro lado, dos retoños genuinos de dicha clase, miembros de un grupo de acción surrealista que propugnaba (teníamos veinte años) el libre cultivo de la imaginación: mi amigo, cuyo padre trabajaba de botones en un hotel, y yo, hijo de un obrero fabril.

Celaya razonaba sobre una realidad social que en 1979 ya no existía. Advertí en él algo que sus poemas corroboran, una rápida tendencia al eslogan. Citó a Lenin: «Al pueblo hay que darle siempre lo mejor». De Lenin a entonces había llovido mucho. Y entretanto, democracia mediante, los hijos de los trabajadores habíamos asistido a la escuela obligatoria, incluso asistíamos algunos a la universidad; sabíamos y podíamos expresarnos; accedíamos sin intermediarios a los bienes culturales y no aceptábamos la tutela ideológica ni estética de nadie.

No hubo controversia en aquel encuentro. Ni siquiera cuando Celaya, delante de dos surrealistas, dijo que el surrealismo se había acabado. A mí no me animaba otro propósito que sonsacarle razonamientos para que la entrevista fuera lo más profunda y jugosa posible. Y Celaya, que pagó las consumiciones, hizo un loable esfuerzo por explicarse, siempre vigilado de cerca por Amparo Gastón, que en varias ocasiones cedió al impulso de meter baza en el coloquio, como cuando me amonestó por formularle a su compañero una pregunta sobre la muerte. Oye, me dijo sulfurada, que no se está muriendo, ¿eh?

Yo le tomé simpatía a aquel hombre con aspecto de abuelo bonachón. De él, como le conté al Viejo, quizá aprendí mejor que de otro ninguno que, en las disciplinas artísticas, los errores de juicio importan poco si estimulan la creatividad. No hay más que ver las pirámides, las catedrales, la pintura o la música debidas a la fe.

Aquella noche estuve hasta la madrugada transcribiendo las respuestas y comentarios de Celaya. Lo hice en la cocina, con la puerta cerrada para no turbar el reposo de mis padres. Tal vez aquella imagen habría complacido al poeta, la de la presencia de sus palabras en un hogar modesto. La calidad de la grabación era por demás deficiente. Los ruidos del bar me obligaban a recorrer una y otra vez los mismos segmentos de cinta magnetofónica hasta dar con la declaración exacta de Celaya.

Poco tiempo después de la publicación de la entrevista, me tropecé con él en la Parte Vieja. Iba, como de costumbre, acompañado por Amparo Gastón. Los dos estaban en líneas generales satisfechos con mi trabajo, pero les molestaba que yo hubiera transcrito sin los debidos retoques las risas de Celaya, sus frases truncas, las muletillas propias de la improvisación oral. Era verdad, si bien en ningún instante me guió la malicia, sino el respeto. Sinceramente, me daba apuro modificar, no digamos rectificar, las palabras del poeta.

Pasados los años, aún me hace gracia, le dije al Viejo, aquel rasgo de coquetería en un hombre que tanto empeño puso en combatir la egolatría desde la escritura y la reflexión poéticas.

Gabriel Celaya fue escritor de una condescendencia estética sin igual. Fue, además de poeta, versificador laborioso. Lo mismo se embarcó en la evasión onírica con vocabulario selecto que descendió a los sótanos más prosaicos del idioma. Ortega y Gasset halló mezclados en el arte de Goya «la destreza mayor y la torponería». Idéntico juicio, trasladado a la actividad literaria, podría aplicarse a la inventiva fecunda de Gabriel Celaya.

Es difícil vibrar con una parte esencial de su obra si no se tiene en cuenta que fue un denodado promotor de la rectitud moral. Otros prefieren supeditar la poesía a logros formales. A él las inquietudes estrictamente literarias le inspiraban reprobación.

Celaya estaba persuadido de que el fomento de las virtudes del hombre constituía un valor poético. Perseveró consecuentemente en la voluntad de intervenir con poemas en la historia colectiva a fin de mejorar al hombre y liberarlo. Al vocablo «liberarlo», durante la dictadura del general Franco, que él soportó del primero al último día, le corresponde un significado concreto de lucha y resistencia que no precisa aclaración.

Durante un largo trecho de su vida, Celaya sostuvo que las cosas no poseen validez artística porque susciten una impresión de belleza, sino porque, además o en contra de eso, expresan algo útil o necesario para los congéneres del escritor.

Sufrió como pocos el azote de los tópicos. Algunos particularmente eficaces en su alcance simplificador no logró sacárselos de encima jamás. Así el feo remoquete de *poeta social*. Celaya, que practicó el surrealismo, frecuentó la novela, el ensayo y el teatro, y encontró en el tramo postrero de su vida inspiración en una singular mitología basada en el apego a su tierra natal, no se cansaba de desaprobar con tenacidad infructuosa aquel encasillamiento pertinaz que reducía su obra diversa a una especie de arco iris monocolor.

Acabando los años cuarenta del siglo XX, Gabriel Celaya adoptó la extendida convicción de que el empleo público de la lengua comporta un recurso de intervención en la sociedad. La lengua, así vista, es pues susceptible de ser empleada como instrumento político. Dominarla permite dominar las mentes sobre las que es capaz de ejercer su influjo. La lengua es poder. De ahí la necesidad de censura que tienen las tiranías; de ahí también el empeño de los gobernantes demócratas por domeñar a los escritores mediante el reparto de premios, subvenciones y privilegios.

Entrado el siglo XX, por primera vez en la historia de la cultura surge la posibilidad real de un arte para multitudes. Celaya es plenamente consciente de ello cuando abraza, junto con otros compañeros de letras de su tiempo, la causa de una poesía destinada al hombre común.

Se trata de un propósito noble y, por descontado, ingenuo, concebido para dar respuesta a una demanda social. El poeta pone su talento al servicio de un sector mayoritario de la población carente del don o de la posibilidad de la palabra pública, a fin de servir de portavoz de aspiraciones colectivas.

Dicha poesía en buena parte coloquial obedece, por de pronto, a un estímulo combativo al asumir fines prácticos de intervención social por la vía de contraponer un lenguaje distinto al discurso oficial de la dictadura. Dudo que la concepción del lenguaje como instrumento de contestación al poder haya perdido una mota de vigencia, por más que en nuestros días prepondere el tipo de escritor inofensivo y narcisista, tan sensible al agasajo económico como al medro con bendición institucional.

Los resultados (no siempre dignos de perdurar, la verdad sea dicha) fueron útiles, que era en el fondo lo que se pretendía, por encima de cualesquiera consideraciones puramente estéticas. Yo tengo para mí que la tarea difusora de aquellos poetas de corte realista, secundados por una pléyade de valientes cantautores, contribuyó a preparar las conciencias de los ciudadanos para las mejoras sociales que después, con todos sus excesos e imperfecciones, disfrutó España.

A Gabriel Celaya no se le puede negar el mérito de haber animado el cotarro literario español en unos tiempos tristes, poco propicios para el ejercicio público de la imaginación. Legó a la posteridad una idea coherente de la poesía, lo que no es poco, así como una obra abundante, de extraordinaria complejidad digan lo que digan quienes sólo la conocen parcialmente.

La vejez le deparó una racha última de creación que no vacilo en considerar una de las más afortunadas entre las suyas. Libre entonces de tópicos y consignas, aligerado de lastre ideológico, soñó ante la muerte cercana, en versos de insólita densidad, un retorno a los orígenes, a la madre-tierra, y escribió, en el prefacio de un volumen titulado precisamente *Orígenes*, que no hay más colectividad que la del lenguaje que se dice a sí mismo y al decirse nos reúne a todos en un solo ser.

El poeta que, con dogmatismo soviético, había arremetido alguna vez contra el yo desgajado de la comunidad social, designándolo como propiedad burguesa, acabó sus días reconciliado con la naturaleza individual sin la que tampoco están completos ni son comprensibles los seres humanos.

14

Una meditación sobre poesía

Raro, ¿quién? ¿Yo? Escudriñé la cara del Viejo con el fin de comprobar si le había sentado mal el vino del Priorat (Coma Vella 2001) del que aún no habíamos tomado sino el trago del brindis. Por un instante me figuré que la sabrosa bebida se me filtraba por el cielo de la boca a través de unos poros microscópicos y, al llegar a las fosas nasales, perdía su forma líquida para transformarse de repente en un maravilloso gas aromático.

Bueno, respondí retrepándome en la butaca con el ánimo de regresar a la realidad, no recuerdo entre mis aspiraciones de juventud la de ser algún día una persona normal. Ni normal, ni anormal, ni subnormal, aunque me hayan llamado de todo. A la edad de quince o dieciséis años, como el narrador de Fuegos con limón, resolví hacerme poeta. Al principio mis padres, ignorantes de mi decisión, pero no de sus efectos, se inquietaron. El muchacho deportista y nervioso que sólo entraba en casa para ingerir alimentos, bañarse y dormir se convirtió de la noche a la mañana en un ser contemplativo que pasaba un preocupante número de horas encerrado dentro de su habitación. Algunos sábados y domingos, los amigos del barrio llamaban a la puerta para preguntarme si los acompañaba a la ciudad. Sin darles explicaciones, yo les decía que no. Transcurrido un tiempo, ya nadie vino a buscarme.

Recuerdo a mi padre una tarde en que me hizo señas para que lo siguiese hasta la cocina, donde con gesto apenado, recelo yo que obedeciendo instrucciones de mi madre, me ofreció no sé si doscientas o trescientas pesetas para que fuera por ahí a divertirme.

No acepté. En aquella época encontraba diversión de sobra sin salir de casa. Me procuraba un gozo especial leer en voz alta. Obras enteras de teatro de Lope de Vega, de Tirso de Molina y de tantos otros, todas en verso, a veces hasta tres y cuatro en una tarde, impostando la voz según a qué personaje correspondiese el parlamento. Y de la misma manera declamaba romances, sonetos y cuantas piezas versificadas cayeran en mis manos, paladeando cada sílaba, deleitándome en las curvas melódicas, adiestrando sin darme cuenta el oído a las sutilezas acústicas de la lengua española. De paso, aprendía de memoria listas de palabras que nunca antes habían sido pronunciadas en mi presencia.

Veo a mis padres resignados a tener un hijo ¿extravagante, chiflado, invertido? ¿Qué pensarían de mí? Yo agradezco que su sencillez y su falta de recursos económicos me dispensaran del suplicio de someterme a las sesiones de un psicoanalista, y no por nada, sino porque todo aquel ajetreo verbal en mi encierro voluntario era no sólo positivo, sino que se desarrollaba de acuerdo con las pautas de un método al cual yo me entregaba con disciplina rigurosa. Quizá lo extraño, ahora que lo pienso, fuera que a edad tan corta supiese con certeza la dirección que deseaba imponerle a mi vida. Varias décadas después sigo comprometido en el proyecto de un adolescente.

El caso, como le dije al Viejo, es que al cabo de un tiempo empezaron a salir mi nombre y mi foto en la prensa local, gané unos cuantos certámenes literarios y poco a poco mis padres comprendieron que la supuesta demencia del hijo no era tal ni las lecturas en voz alta, farfulla de delirante; que las noches de estudio y escritura, y algunas primeras intervenciones en público, *tenían no sólo un sentido razonable sino, quizá con suerte, un futuro.*

Evoco ahora aquellas noches de mi adolescencia y juventud en la habitación saturada de humo de tabaco; el flexo con bombilla azul que me recalentaba la mejilla; sobre la mesa un fajo de hojas manuscritas, anotado al fin de cada verso el número de sílabas y subrayadas aquellas en que recaían los acentos. Cuántas veces, a las cinco de la mañana, sentí a mi padre levantarse. Un rato después que se hubiera marchado a trabajar, yo me acostaba rendido de sueño, y todavía en la cama repasaba mentalmente los versos de aquella noche, afanándome para que esa sustancia de difícil definición, llamada poesía, quedase prendida en ellos.

La poesía, ¿qué es eso? Fue por entonces cuando solté aquella frase que luego algunos repetían: Poesía es escribir buenos poemas. El Viejo casi se atraganta de la risa. Se limpió los labios con el dorso de la mano y me dijo: No está mal para empezar, ahora sólo falta determinar en qué consiste un buen poema. Le di la razón y otro día, por ruego suyo, le leí el texto siguiente:

Hay una tendencia general en las personas que cultivan la sensibilidad y el buen gusto a considerar la poesía un valor. Afirmamos que dicho valor se siente, se percibe, está ahí. Al mismo tiempo nos parece vano el empeño de encerrarlo en una definición. Lo destruiríamos como destruimos una burbuja si la abrimos para examinarla por dentro. Tan raro como que la gracia de un chiste sobreviva a su explicación es que la temperatura poética de un poema perdure en su análisis.

A lo sumo estamos dispuestos a admitir que las definiciones, en materia estética, son útiles por cuanto nos suministran conceptos para nombrar los fenómenos creativos, nos facilitan la adquisición e intercambio de nociones y nos libran del trabajo penoso de iniciar las tareas intelectuales desde cero cada mañana.

No son pocos, sin embargo, los que se apresuran a tildarlas de superfluas e incluso de perjudiciales para la actividad poética, como si se tratase de un saber que menoscaba las cosas sabidas. La casa natural del raciocinio, nos dicen, es la filosofía o, en todo caso, la crítica literaria; la de los corazones ardientes, el poema. A la pregunta de qué es poesía responden con metáforas o arrumban el tema directamente en el desván de los misterios.

Aun cuando la poesía no proceda de la aplicación

estricta de una fórmula, la poesía es algo reconocible y, por supuesto, estudiable. Aplicar el ojo inquisitivo a dicho algo (sea gracia, ángel, don) nos ayuda a entenderlo siquiera parcialmente, por mucho que hubiese sido concebido por el poeta de manera intuitiva, bajo los efectos de una sustancia estupefaciente o como consecuencia de un impulso irracional. Y esto, creemos, es así porque al referido valor, por muy oculto, sagrado, místico o inexplicable que sea, no le queda más remedio, para causar efecto a oyentes o lectores, que concretarse en unas formas.

Aunque seamos incapaces de delimitar la esencia de la poesía con ayuda de alguna construcción mental, por lo menos sabemos seguro que la poesía surge como resultado de trasladar incidentes de la conciencia humana a un discurso poético. Entiéndase por discurso un tramo de lenguaje escrito, oral, cantado, etcétera. Sólo en la afortunada conjunción de una personalidad creativa y un lenguaje de calidad es posible el logro poético. No basta en modo alguno la excelencia de una sola de las partes. Se puede albergar una humanidad prodigiosa, haber leído y viajado mucho, y ser un pésimo poeta. O, al revés, como ocurre tantas veces, dominar el artificio métrico y producir bloques perfectamente gélidos de mármol literario.

En las particularidades de esta alianza orgánica estriba la diferencia entre el escritor convencional de poesía y el poeta genuino, especie de rareza extrema. El resultado no se altera cuando, mediante procedimientos irracionales o por un puro automatismo de la expresión, el poeta adelanta las palabras a las revelaciones y trata de producir significados al azar. En todos los casos, para que el empeño conduzca a un poema excepcional, digno de perduración en la memoria de las generaciones, han de concurrir en mezcla óptima la revelación y los símbolos.

Digan lo que digan, esta conversión del espíritu en discurso es un acto literario. De los más antiguos y comunes que se conocen, por cierto. Negar dicho principio, con el argumento de que la poesía nos pone en contacto con realidades superiores, entraña una sacralización de la actividad poética; por consiguiente, también de sus recursos lingüísticos. Quienes pretendan convencernos de ello nos deben cuando menos una explicación. ¿Cómo es posible que un simple ciudadano sea capaz de elaborar, mediante una combinación determinada de palabras, un discurso trascendental?

Ciertos poetas no se quieren entre los que tienen por oficio escribir y se exponen a cargar de buena gana o resignadamente con las posibles repercusiones de su trabajo: la fama, el galardón y demás mundanidades. Lo suyo es otra cosa infinitamente menos frívola, más seria, más valiosa: un compromiso con la verdad. El poeta sólo responde ante su causa suprema, la poesía. Recela del aplauso ajeno a menos que sea póstumo y no lo pueda, por tanto, corromper ni desviar de su camino. De una pasta semejante han sido hechos desde antiguo los sacerdotes y los supersticiosos.

A menudo el poeta niega, en nombre de la propia sustancia de su revelación, el símbolo. Nos dice entonces que la lengua humana es insuficiente para revelar sus complejas visiones. A fin de hacerse entender, pone como ejemplo la música, que, sin dejar de ser un lenguaje, no está sometida a las sujeciones del significado. El oyente se deja transportar o simplemente decide por su cuenta lo

138

que significa aquello. Mucho más fácil resulta, en efecto, figurarse lo inexpresable que expresarlo.

Es propio del poeta hablar desde sí sin intermediarios. Por descontado que le queda la baza del nosotros, pero siempre estarán su conciencia y su voz presidiendo la primera persona del plural. Y, sin embargo, el yo del poeta se caracteriza por su naturaleza universal. Cuando el personaje de una novela o el de una pieza de teatro dicen *yo*, por fuerza se refieren a sí mismos en cuanto seres singulares, únicos, irrepetibles. Cuando lo dice el poeta en el poema, entonces el pronombre personal se lo puede calzar quienquiera, por ejemplo el que lee o el que escucha, lo mismo ahora que dentro de cien años. En cierto modo el poeta expresa la intimidad de la especie, y eso sin que los elementos constitutivos del poema dejen de ser una representación simbólica de lo que él piensa, siente, etcétera.

Tiene razón Schopenhauer. El poeta es el ser humano general. En él se expresa un yo de baja densidad anecdótica, despojado de rasgos singulares aunque haga manar la poesía desde el fondo de su intimidad; un yo, por tanto, susceptible de ser transferido a toda la especie. Es por ello razonable que un poema pueda servir de letra a himnos nacionales, canciones del pueblo o, en fin, a cualquier manifestación del sentir colectivo. ¿O es que alguien se imagina a una multitud entonando con fervor patriótico diez o doce renglones de una novela?

El poeta podrá fingir, idolatrar tal vez a un ser amado que no existe; en todas las ocasiones su escritura adoptará las formas arquetípicas de una revelación. Pessoa quiso sustraerse a las limitaciones de la voz única. Con dicho fin ideó los heterónimos. Algo parecido persiguió Anto-

139

nio Machado con sus apócrifos. Pero entonces, si la intimidad es fingida, si el poeta se la puede inventar, ¿dónde queda aquel compromiso inquebrantable que hacía de la poesía una manifestación superior de la verdad?

Bien mirado, lo determinante de la actividad poética radica en la creación de un lugar llamado poema, idóneo para contener aquel valor que consideramos poesía. Valor que cada cual, de acuerdo con su peculiar sensibilidad, tan pronto reconocerá en los colores de un cuadro, en una ráfaga musical, en una secuencia de película, como tal vez en una sencilla figura moldeada por las manos laboriosas de un artesano. Y también, por supuesto, en el lenguaje; esto es, en usos literarios que acompañen sin rezagarse al hombre en su incesante evolución, dispensados de repetir las viejas y polvorientas convenciones.

Porque uno podrá ser poeta sin llevar en el bolsillo un documento identificatorio de la poesía, como otros preparan guisos deliciosos sin haber investigado la estructura celular o la composición química de los distintos ingredientes. Es dudoso, en cambio, que nadie suscite la poesía si no sabe exactamente lo que es un poema.

Mientras conversábamos sobre el texto recién leído, descorchamos una segunda botella. Aún había una tercera encima de la mesa. Recuerdo veladas en las que el Viejo y yo vaciamos hasta cuatro botellas, picando, eso sí, para amortiguar los efectos del alcohol, saladillas, tacos de queso o aceitunas. Más de una vez volví a mi casa, pasada la medianoche, hablando de literatura con las farolas. Así pues, antes que la lengua se me aflojase por causa del vino, le propuse a mi interlocutor la lectura de una segunda reflexión escrita y traté de explicarle por qué la había llevado. Al grano, me interrumpió.

Va para muchos años, le conté, que expresarme por escrito con voluntad literaria representa para mí un acto de afirmación. Cuando escribo, no sólo digo sí a la vida; digo también sí a mi vida, que en gran parte consiste en dedicar un número considerable de horas diarias a escribir. Volvió a interrumpirme: Ahí hay una trampa dialéctica.

Trampa o no, concibo la escritura como una actividad placentera, incluso en las ocasiones no infrecuentes en que el esfuerzo conduce a resultados objetables. Una página lograda, sabrosa como este vino, me justifica el día. Una página fallida (y casi todas, en grados distintos, lo son) me sitúa en el punto de partida de un proceso artesanal de correcciones que todavía me complace más. Quizá yo escribo para poder corregir después.

Por eso mi ineptitud no me causa sufrimiento. Considero un hecho afortunado el que nada o casi nada salga bien a la primera; pero no siempre he practicado con serenidad la creación literaria.

Volvimos a brindar. Esta vez yo simulé que bebía. Necesitaba una última racha de lucidez. Por los días, le dije, en que fui estudiante de filología en Zaragoza, principalmente durante el primer año (del verano del 79 al verano del 80), experimentaba con respecto a la escritura una desazón incesante que tan pronto derivaba hacia el desencanto como se resolvía en pura rabia. Para empezar, me desgarraba el continuo desacuerdo entre el lector que todo hombre de letras lleva dentro y el escritor que buscaba y no encontraba sino fruslerías y sandeces. Con afán vengativo, me cebé entonces en la literatura, a la que achacaba la culpa de mi insatisfacción. Excitado, ansioso, me di de lleno a hacerle violencia en mi cuartucho del piso de estudiantes. Escribía para cubrirla de inmundicia. Abracé por mi cuenta, en esta ocasión sin la complicidad de mis amigos surrealistas, ideales antipoéticos. Inventé el soneto en prosa. Redacté piezas dramáticas en las cuales lo importante era insultar al público y pegar fuego al teatro en algún momento de la representación. Cultivé asiduamente el feísmo, las cacofonías, las palabrotas, todas las formas habidas y por haber de la vulgaridad. Cuando releía los engendros verbales de la víspera, siempre encontraba aquella maldita masa de lenguaje alrededor de un vacío, correlativo del que yo sentía en mi interior, y esa constatación reavivaba mi sufrimiento y aumentaba mi furia. Los amigos rechazaban de plano aquellos textos míos malsonantes. Y a mí me afectaba aquel rechazo a pesar de haberlos escrito para suscitar desagrado.

Tendría que escarbar muy dentro de mí para saber qué me sacó poco a poco de aquel agujero de negatividad. Quizá la lec-

tura de El hombre rebelde, *de Camus. Quizá el sentido de la responsabilidad con que algunas personas de mi entorno hacían y decían sus cosas cotidianas. Quizá la comprobación sencilla, pero no por ello menos asombrosa, de que en el mundo hay pájaros.*

Salud, dijo a este punto el Viejo, levantando su copa. Tomó cada cual un trago y yo procedí a leer el texto siguiente:

Al principio no hay nada, una hoja o una pantalla en blanco, la posibilidad de un universo en espera de su hacedor. A veces, por textos confidenciales, también por declaraciones públicas, nos enteramos de que a algunos escritores los sobrecoge una especie de respeto temeroso ante la imagen inicial del vacío, reflejo tal vez de otro similar que podría anidar dentro de ellos.

Hay, por el contrario, quien se complace en la tarea de apariencia divina que le da ocasión de crear algo, quizá arte, donde antes no había nada. Los hay que postulan un sano recelo, persuadidos de que la invención por sí sola no garantiza la validez de los objetos resultantes. Nadie ha demostrado hasta la fecha que el universo que nos comprende, con sus leyes físicas y químicas, con sus zonas de luz y de tinieblas, en fin, con sus acontecimientos desmesurados, no sea de principio a fin una chapuza.

Toda obra de creación literaria surge como consecuencia de un esfuerzo individual. Nada afecta a este hecho de fácil comprobación la circunstancia de que las obras sean anónimas o las haya escrito una pareja. La literatura simplemente no existiría sin el empeño perseverante de personas sueltas que la componen con mayor o menor destreza en la soledad de un cuarto, quizá en el rincón de una cafetería, en una celda conventual o carcelaria, o mientras viajan en el vagón de un tren.

El soliloquio laborioso de una mente condiciona todo el proceso creativo. Y, sin embargo, como muy tarde en el instante de alcanzar el punto final, el individuo que posiblemente abrigaba la certeza de hablar a solas aparta la mirada del papel o de la pantalla y se da cuenta de que su poema, su novela, su relato, comportan un falso soliloquio; que acaso sin ser consciente de ello se hallaba conversando, aunque no sepa bien con quién; que el arte de la palabra es, entre otras cosas, expresión y quiere, por tanto, significar y ser comprendido.

Ello obliga a quien manifiesta por escrito los particulares incidentes de su conciencia a someterse a una serie de fuerzas vinculatorias. La primera, sin la cual las demás quedarían privadas de sentido, es el código lingüístico, de naturaleza colectiva aun cuando su uso con fines literarios se cifre en un acto de creación individual. Escribir en lengua española, mejor o peor, está al alcance de millones de ciudadanos repartidos por el mundo. Escribir a la manera de Borges sólo lo pudo hacer Borges. Quien albergue dudas al respecto no tiene más que ponerse a la tarea. En cuestión de pocos minutos obtendrá resultados definitivos.

No es posible separar el código lingüístico de un amplio abanico de elementos psicológicos comunes, asentados en una determinada tradición cultural tanto como en un cúmulo de experiencias (educativas, familiares, profesionales, etcétera) que vinculan al escritor, como a cualquier otro ciudadano, con la realidad social de su época.

Dada la extraordinaria movilidad del hombre actual, su acceso diario a cantidades ingentes de información y la oferta no menos copiosa de frutos artísticos e intelectuales de muy variada procedencia de que dispone, ni el acervo cultural ni el presente histórico encajan en una definición reducida a términos estrictamente regionales o nacionales. Fue Goethe quien formuló en su día la existencia de una literatura mundial o *Weltliteratur*, y el tiempo parece decidido a otorgarle la razón. La literatura es definitivamente una soledad acompañada.

La literatura y los que la leen

El Viejo tenía sus ribetes de guasón. Tomamos los dos a un tiempo un trago. Me percaté de que sonreía. Supuse que se le acababa de ocurrir una agudeza a mí destinada. No me equivoqué. Me preguntó, como quien no quiere la cosa, si aquella crisis mía de cuando fui estudiante en Zaragoza no habría sido lo que Gabriel Celaya denominaba enfermedad del yo. Detuve la mirada unos instantes en su sonrisa antes de responderle.

Es posible, dije, pero no tiene importancia. A estas horas hay siete mil millones de yoes humanos inhalando oxígeno en el planeta. ¿A quién le preocupa el pequeño ruido de cascabel que pueda hacer el mío? Lo relevante para mi particular evolución es que aquellos días y noches de ansiedad me proporcionaron una enseñanza. Desde entonces escribo para lectores aunque sean pocos, aunque no los conozca ni me vaya a cruzar jamás con ellos en la vida. O, lo que es lo mismo, escribo con un componente de responsabilidad, puesto que ya no me vale cualquier cosa, ya no da igual bello o feo, profundo o superficial, esmero o descuido.

A este respecto, le referí al Viejo una anécdota que me sucedió años atrás en Hannóver con el escritor Manuel Vicent. Me acerqué a conocerlo personalmente aprovechando que había venido a la ciudad a ofrecer una lectura pública. Tras el acto, que se celebró en un salón del Consulado General de España, el canciller, la traductora al alemán de los textos leídos y unas pocas personas más fuimos a cenar a un restaurante del casco viejo.

Total, que mientras esperábamos de pie, junto a la barra, a que quedase una mesa libre, charlando de esto y de lo otro y a propósito de una afirmación mía, Manuel Vicent me preguntó, con ánimo lúdico, si yo seguiría dedicándome a la literatura en el caso de que viviese solo, sin posibilidad ninguna de contacto con otros seres humanos, en una isla desierta.

La pregunta era, claro está, capciosa. Se supone que si uno escribe para nadie, pero respetando el código lingüístico y las convenciones literarias, es, si no tonto, al menos poco práctico. Y si renuncia a escribir, entonces su vocación es inconsistente, sólo busca el aplauso, etcétera. Me da que yo no era el primero a quien Manuel Vicent tendía su emboscada dialéctica. He olvidado lo que respondí.

¿Y cuál sería hoy la respuesta?, me preguntó el Viejo. Ahora que lo pienso, le dije, hace unos años publiqué en cierto suplemento literario un artículo que quizá responda a la pregunta de Manuel Vicent, aunque yo no lo escribí con ese propósito. Empecé a resumirle al Viejo el contenido del artículo; pero, como a causa del vino y de mi mala memoria, no me era posible acordarme sino vagamente de algunos pasajes, me pidió él que otro día se lo leyera. Para entonces habría ordenado a su asistente buscar en la bodega botellas de vino alemán, pues recordaba tener algunas que le habían regalado. En efecto, una semana después, a mi llegada al ático, vi que me esperaban sobre la mesa una botella de Spätburgunder, otra de Dornfelder y dos de Riesling, junto con una fuente de frutos secos, a los que añadimos las avellanas tostadas que yo llevé.

Un texto redactado con voluntad literaria constituye un acto de comunicación con aditivos. Uno expresa algo de cierta manera que aspira a ser tenida en cuenta como tal manera. El escritor que favorezca lo primero, lo que tradicionalmente ha venido llamándose el contenido, adoptará un tipo de escritura escueto, sobrio, de baja densidad ornamental. El que, por el contrario, resalte las propiedades estéticas preferirá las estructuras complejas y los modos expresivos alejados de la lengua estándar.

Entre ambos extremos se alarga una variada gradación de estilos, todos matizables, ninguno ilegítimo. Cualquier novedad que se incorpore a los usos literarios orienta el texto en la dirección de la sencillez o de la dificultad. La sencillez no tiene por qué dar forzosamente frutos populares. La dificultad nunca es popular.

No es insólito (ni apenas beneficioso para el progreso de la cultura) que algunos escritores menosprecien a otros en voz alta por ocupar una posición distante de la suya en la escala general de las tendencias literarias. Por lo visto ignoran que el estilo por sí solo es un criterio insuficiente para determinar la calidad de una obra. Un escritor no ejerce mal su oficio porque nos disguste su manera de escribir. Sería absurdo criticar a un cocinero experto en platos chinos por la simple razón de que nuestro paladar deteste el arroz. El escritor no flojea porque practique el realismo, la poesía barroca o la escritura vanguardista, sino porque, dentro de su tendencia particular, carece de unas cualidades determinadas.

De poco sirve ejercitar dichas cualidades, cualesquiera que sean, si los lectores no disponen de antenas intelectuales para captarlas, en cuyo caso el escritor deberá resignarse a la suerte del pianista que pulsa las teclas de su instrumento ante un público sordo. Una situación de este tipo es por desgracia frecuente en España, nación donde el plebeyismo y la zafiedad en sus sucesivas variantes (pensemos, a modo de ejemplo, en los programas actuales de televisión de mayor audiencia) han encontrado, incluso en las capas cultas de la sociedad, terreno propicio desde hace varios siglos. El ambiente populachero, de vulgaridad asumida, perjudica no menos el arraigo social de las formas artísticas de alto rumbo que a las personas privadas de conocerlas y disfrutarlas. Vocablos como *intelectual, estilista, lírica, retórica, bellas letras* se han impregnado en la lengua española de nuestros días de connotaciones peyorativas. Se dijera, en conclusión, que *un tío que escribe* inspira más confianza que un *literato*.

Raro será que a una obra rica en pensamientos complejos, en datos históricos, en aciertos formales y hondura humana, no la preceda un sostenido esfuerzo que fácilmente pudo prolongarse por espacio de varios años. Se comprende que al autor, durante el largo y a menudo penoso proceso de creación, lo haya animado la esperanza de ser algún día entendido, de dejar acaso una impronta positiva en esta y aquella conciencia y, si las cosas vienen bien dadas, de merecer aplauso, cuestión en absoluto desdeñable puesto que puede dar de comer.

La expectativa de una recompensa a la labor llevada a término es propia del hombre libre. El esclavo, pobrecillo, ¿qué va a esperar? Existen desde luego recompensas de muchas clases. Se cuenta que en 1928 Bertolt Brecht recibió un automóvil a cambio de un poema. La remuneración en dinero o en especie no significa que el escritor haya despachado la tarea con mérito ni que dicho mérito, de haber existido, sea cuantificable, aunque no falten en el gremio literario quienes crean que valen lo que se les paga. En rigor, no hay recompensa más digna que la de comprobar que no se ha trabajado en vano, que lo que uno hizo con perseverancia y esmero en su soledad laboriosa resulta útil, significativo, quizá deleitoso, para los demás.

Esta expectativa no tiene por qué estar morbosamente ligada a la vanidad, reproche común allí donde los gustos populares, elevados a norma, toleran a regañadientes la excelencia. Al profano le sale más fácil admirar a quien emplea para fines estéticos instrumentos o materiales costosos cuyo manejo requiere, por añadidura, un arduo aprendizaje. Pienso en el caballete y los trebejos de pintar, en los mármoles del escultor, en el arpa, en la cámara cinematográfica. Sin embargo, ni el lector más cerrado de mollera duda en juzgar, tasar y aun corregir las obras de quienes se propusieron hacer arte con esa cosa vulgar, cotidiana y sin dueño que hasta los niños se llevan a la boca: la palabra.

Por unas monedas pueden adquirirse hoy día ediciones de bolsillo del *Quijote*, de la *Ilíada*, de *Poeta en Nueva York*. No piden más en una librería por la suma de hojas impresas que denominamos libro. Uno paga el papel, la tinta, el transporte, la distribución, esas cosas. Los logros verbales, en cambio, son a tal punto irreductibles a un precio que los afortunados que nos instruimos y complacemos con ellos propendemos a considerarlos dones de la naturaleza, a la manera de los tigres, las amapolas o los atardeceres.

¿Cómo agradecer a los autores lo que hicieron por nosotros, aunque hayan muerto, aunque jamás nos crucemos con ellos por la calle? En el fondo, sin necesidad de proponérnoslo, les estamos mostrando nuestro reconocimiento y, de paso, la gratitud que nadie nos exige, que surge acaso de una emoción personal, de un incidente privado, de una simple reacción subjetiva, cuando nos adentramos en sus escritos con aplicación. Y no por nada, sino porque la literatura presupone la participación de inteligencias curiosas y sensibles sobre las que ella pueda ejercer sus efectos innumerables, de la misma manera que la música logra su consumación, no en el aire que atraviesa, sino en los oídos que la escuchan. Ni siquiera quien está persuadido de escribir sólo para sí está exento de esta ley de la comunicación. Quien escribe para sí se dirige por fuerza a la sombra del lector que va a su lado. Serán uno y otro la misma persona, pero en modo alguno la misma perspectiva.

El autor cocina, el lector degusta. Si aquel no evitó que se le quemara la comida, si se propasó con la sal, si retiró la cazuela demasiado pronto del fuego, habrá fallado. No menos inútil habrá sido su empeño si el comensal destinado a deleitarse con la maravilla culinaria tiene un paladar de granito. De autores con talento y de lectores avezados se hace la literatura digna de tal nombre. De lectores exigentes con aquello que se les ofrece, pero también consigo mismos. Lo cual implica disposición por su parte a afinar el gusto, a superar dificultades de lectura, a enfrentarse con textos cuyos secretos no se dejan desentrañar así como así, antes bien con ayuda de una carga notable de dedicación y paciencia.

Hoy día abundan los escritores que aprovechan cualquier oportunidad para cubrir de requiebros a los aficionados a los libros. Obviamente los adulan llevados por la certera intuición de que sin ellos no son nada. Por lo mismo podrían injuriarlos a fin de golpear su atención. Buscan público sin distinción de intereses y calidades, al modo de una flor que saliera volando en pos de cuantos insectos pululan por la zona, sean polinizadores o no.

Abandonan entonces su lugar natural, el escritorio; emprenden campañas de promoción que con frecuencia los obligan a ir de ciudad en ciudad convertidos en viajantes de comercio de sus propios libros, procurando generar noticia y diseminar su retrato y su nombre en los medios de comunicación. Alguna escritora incluso ha salido despojada de ropa en las revistas. Otros justifican su participación en competiciones literarias, de dudosa honradez en ocasiones, con el socorrido argumento de que desean incrementar el número de sus lectores, si bien no termina de quedar claro, cuando así se expresan, si buscan personas que dediquen atención a sus libros o se conforman con que simplemente los adquieran.

Parece inverosímil que alguien lea un libro llevado por un gesto de caridad hacia el escritor. Uno lee un libro en provecho propio, deseoso de distracción, de consuelo, de aprendizaje, cuando no apretado por obligaciones pedagógicas o profesionales. En un país civilizado, los ciudadanos están en su derecho de leer o no leer, y, si lo hacen, de elegir lo que leen y leer de acuerdo con estímulos o expectativas de su exclusiva incumbencia. Esta circunstancia no obsta para que existan lectores inhábiles, igual que existen comensales sin gusto, movidos tan sólo por el impulso de matar a toda prisa el hambre.

No se puede endosar a los lectores la responsabilidad de sostener la literatura. Libro en mano, corresponde a cada uno de ellos la decisión de valerse de la actividad lectora para pasar un buen rato, soltar unas carcajadas u olvidar las penalidades de la jornada. Por la misma regla de tres, la literatura de calidad no es ni tarea ni placer para todo el mundo, y el hecho de que se distribuya dentro de libros, electrónicos o de papel, no significa que merezca la misma consideración que otros libros de similar formato cuya finalidad se aparta de la expresión escrita con intención estética. Y esto es así por cuanto la literatura exige de sus receptores un grado no pequeño de formación cultural, además de una serie de cualidades que no todo el mundo por desgracia posee, como la sensibilidad para determinados registros y temas, la paciencia para el libro voluminoso, para el que frecuenta zonas de vocabulario inusual, para el que abunda en innovaciones estilísticas; en fin, para el que no se deja leer con un ojo mientras se mira con el otro a otra parte.

De vuelta a casa, las calles desiertas, la luna en su sitio, me paré a conversar un rato con el poste de una farola, y fue entonces, mientras trataba de despejarme exponiendo la cara al frescor de la noche, cuando hice recuento de los hechos principales de mi vida. El nacimiento, no sé si la primera comunión, el primer beso en unos labios femeninos, el primer coito... En honor a la verdad, con poco papel, poca tinta y medio biógrafo podría despacharse la tarea de relatar mis peripecias.

Y, sin embargo, recordé acontecimientos para mí cruciales, vividos casi todos ellos, por no decir todos, en soledad, de los cuales el mundo no tendrá jamás noticia ni falta que hace. No he participado en batallas, ni he navegado por mares ignotos, nunca pisé la Luna. En cambio, me han ocurrido grandes lecturas. Los días y noches en que leí a Miguel de Cervantes, a Fiódor Dostoievski, a Vicente Aleixandre o a Franz Kafka, entre otros, fueron para mí, tanto por sus efectos como por la intensidad emocional e intelectual de la experiencia, eso que podemos llamar, sin caer en la tentación de ponernos estupendos, momentos estelares en la vida de un individuo común.

Al revés de las batallas (particularmente cuando uno no sale vivo de ellas), los viajes exploratorios o las proezas reservadas a unos cuantos, las lecturas memorables son fácilmente repetibles, también en sus efectos, por más que nadie esté libre de decepciones. Y aun puede suceder que, con el transcurso de los años, los libros releídos agranden en nosotros las huellas precedentes, dan-do a estas nuevos contornos, acaso mayor profundidad.

Cierto que hay obras no exentas de relieve literario que colma-ron nuestras expectativas y nos dieron gusto, y no obstante, ex-primido su interés, perdida su pasajera actualidad, las sentimos agotadas al término de una sola lectura. Desvelados sus secretos, consumida su sorpresa, se nos hace superfluo volver a visitarlas.

Otros libros, por el contrario, son incesantes en su capacidad de suscitar interpretaciones. Y cuanto más uno los lee, mayor es el número de facetas que nos descubren y más valiosos los tesoros que estando ahí, en las páginas tantas veces frecuentadas, per-manecían ocultos a nuestro entendimiento. A esta categoría de obras excepcionales, cuya relectura ha tenido siempre para mí naturaleza de acontecimiento, pertenece Pedro Páramo, *de Juan Rulfo.*

De esto, le dije al poste de la farola, quiero hablar con el Viejo el próximo jueves, por lo que, además de la reflexión pro-metida, le leeré otra que no es sino esta que a continuación trans-cribo. ¿Tú qué opinas? La farola guardó silencio; pero a mí se me figura que me daba la razón. De otro modo me habría lleva-do la contraria.

Hay sitios fundados por la literatura a los que uno vuelve por gusto de tanto en tanto y hay otros, de existencia igualmente dudosa fuera de los libros, a los que uno vuelve sin remedio. Apenas nos hemos adentrado en los primeros percibimos huellas de nuestras visitas anteriores. Uno las sigue alentando por una ilusión de reencuentro. Se conoce que la vida de cada cual lo mismo se afana por agarrarse a las fotografías y a los objetos usados tiempo atrás, estimuladores del recuerdo, que a ciertos libros leídos con fervor.

Yo viajo regularmente a San Petersburgo, donde jamás he estado, y subo al menos una vez por década desde una aldea de La Mancha hasta la playa de Barcelona, montado bien en rocín, bien en asno, según me dé, sin que falten ocasiones en las cuales cambio de montura por el camino. A dichos sitios y a Macondo, al gabinete de Henry Jekyll o al condado de difícil pronunciación de William Faulkner me lleva la certeza del deleite literario. Puede que en esa promesa de felicidad intervengan también algunas cosillas simplemente personales.

A Juan Rulfo me empuja sin embargo un viento serio que, si no fuera por el temor a parecer exagerado, llamaría maldición. Sabido es que ciertas obras permiten el ejercicio satisfactorio de la nostalgia. No creo concebible que un lector asiduo desconozca la dicha de recobrar retazos de infancia y juventud por medio de la relectura. Eso es más o menos lo que ocurre cuando uno se reembarca en la *Española* y participa desde su poltrona de lector en la travesía que le ha de proporcionar un doble tesoro: el de la isla memorable y el de la edad dorada de su propia biografía.

No hay, en cambio, ruta del retorno por donde encaminarse hasta Comala. Comala queda siempre por delante de la mirada, en el futuro negro que nos aguarda detrás del horizonte, donde comienza el baldío interminable. El pueblo de Rulfo representa la anulación de toda esperanza y, por consiguiente, de toda aventura. Los pobres vecinos de Comala no custodian tesoro alguno. Comala es el cementerio de los muertos sin descanso, del silencio que suena, de los murmullos pertinaces: un ataúd con callejuelas y casuchas donde cada cual tiene reservado un sitio para seguir sufriendo por los siglos de los siglos los mismos infortunios que acumuló en su existencia.

Yo también soy de los que de tiempo en tiempo cumplen en Comala con una especie de rito funeral. No me lo pide mi madre. A mí mi madre nunca me recomendaría, como a Juan Preciado la suya, ir a pedir cuentas al amo, mucho menos en un sitio inhóspito donde en cualquier momento le puede a uno acometer un pavor letal. Como de costumbre, coincido a la entrada del pueblo con Juan Preciado, que viene de palique con Abundio Martínez, el arriero. A nadie, que yo sepa, le fue nunca dado entrar en Comala sino en compañía de aquel vivo provisional y de este muerto.

No importa tampoco en qué época del año se enfras-que uno en la novela. A Comala sólo se puede llegar en la canícula, en tal extremo rigurosa que los vecinos del lugar, habituados a la calorina, cuando fallecen y bajan al infierno se ven en el trance de tener que volver a casa en busca de una cobija.

La hipérbole es una de las pocas púas cómicas de *Pedro Páramo*. Evoca las ocurrencias verbales de Quevedo, sus pesadillas pobladas de difuntos sensitivos que deam-bulan. A estos, al contrario de los personajes de Juan Rul-fo, les cabe el consuelo de saber adónde se dirigen y por qué. Están eximidos por completo de incertidumbre. Pe-caron, tuvieron su juicio divino y ahora, útiles a la pericia chistosa del genio literario, desfilan en apretada muche-dumbre por unas galerías irreales en dirección al escena-rio no menos irreal de su escarmiento. Los muertos de Quevedo son hasta cierto punto divertidos; los de Rulfo somos nosotros.

Y es que de Comala no se sale. Que se lo pregunten a Juan Preciado. Que me lo pregunten a mí o a cualquie-ra de los lectores innumerables que se aventuraron a en-trar en el lugar. Ni siquiera los difuntos de su cemente-rio, que parlan de tumba a tumba, se hallan desvinculados de la realidad de los vivos. Son difuntos que sufren de soledad y remordimiento; que intercambian impresiones y se cuentan chismes; que monologan y se quejan; que oyen la lluvia y sienten el trapaleo de los caballos sobre la tierra.

La muerte no sirvió para poner fin a su condición de desdichados. Murieron sin perdón; por eso no des-cansan. Siguen, por así decir, siendo sin poder ser otra cosa que la repetición incesante de lo que fueron. Les han vedado el fuego eterno, las calderas, cualquier forma de submundo donde tal vez pudieran resguardarse de la triste historia que dejaron atrás. Están, como nosotros más tarde o más temprano, castigados a permanecer en Comala, que es lo mismo que decir en el mundo, que es lo mismo que decir en el peor de los infiernos.

18

El jefe de la literatura alemana

Cené, salí a la calle, estaba nublado. Por el camino a casa del Viejo, sobrevino un chaparrón que me obligó a resguardarme durante varios minutos bajo el tejadillo de una casa particular. En ese lapso estuve dándole vueltas a la idea de que a menudo los amantes de los libros son, somos, inducidos a determinadas lecturas. ¿Cuántas veces la intervención de un estímulo externo no nos llevó al descubrimiento de la obra deleitable, provechosa, digna de recuerdo?

Una recomendación, una reseña encomiástica, acaso unas palabras dichas por el propio autor en el transcurso de una celebración cultural; en definitiva, la evidencia seductora del gozo ajeno vinculado al acto de leer avivó nuestra curiosidad, haciéndonos lectores de un libro valioso. No es descartable que la experiencia acabara en decepción. Sea como fuere, percibimos que al ejercicio solitario de la lectura o la escritura lo precede muchas veces el acto social. Recordé a este punto un aserto del Viejo: No bien se ofrece la ocasión, la mayoría sale corriendo a mostrar lo que escribió o a conversar sobre lo leído. Nos retiramos a leer o escribir porque es propio de estas actividades que las llevemos a cabo abstraídos; pero ni antes, ni en el momento, ni después de abrir el libro o de redactar la primera línea dejamos de estar inmersos en la sucesión general de la experiencia humana.

En Alemania, por los años en que ejercí la docencia, gusté de dejarme cautivar por un grandísimo comunicador, a cuyas expansiones entusiásticas debo la lectura de no pocos libros. Me refiero al crítico Marcel Reich-Ranicki, en quien coincidían el saber profundo con el temperamento apasionado. De su criterio selectivo no sé si me fiaba; pero de la consistencia de sus gustos personales y de su fervor contagioso por la literatura, sí, a pie juntillas.

Los viernes, mis clases de lengua materna en un colegio de la pequeña ciudad de Geseke, al este de la llanura de Westfalia, terminaban a las seis y media de la tarde. Tras despedirme de los alumnos, me montaba sin demora en el coche y partía en dirección a Hannóver, distante algo más de ciento sesenta kilómetros. La mayor parte del trayecto transcurría por la autopista 2, una de las más transitadas del país, pues une la cuenca del Ruhr, sobrepoblada, con la capital, Berlín. El tráfico era particularmente intenso en los inicios del fin de semana. Menudeaban los accidentes y los atascos, estos últimos sobre todo en los años previos a la Exposición Universal de Hannóver, cuando la carretera, a lo largo del tramo que yo debía recorrer, fue ampliada de dos a tres carriles.

Conducía por lo general con prudencia. En más de veinte años de idas y venidas por la A2, sólo tuve un accidente de poca monta, aunque con reparación costosa del automóvil. He de confesar, sin embargo, que aquellos viernes en que la segunda cadena pública de televisión emitía el programa sobre libros dirigido por Marcel Reich-Ranicki, pisaba el acelerador más de la cuenta. A menos que un atasco lo impidiese, tenía tiempo de sobra; pero me esperaban mi mujer y mis hijas, y no era admisible que, tras haber estado ausente desde el anterior domingo por razones laborales, les diese un beso rápido a cada una y me sentase delante del televisor. En consecuencia, circulaba deprisa a fin de disponer de un margen razonable de tiempo entre mi llegada y el comienzo, a las diez de la noche, de aquel programa destinado a los amigos de la literatura.

Salí de debajo del tejadillo no bien remitió la lluvia. Pero en lugar de encaminarme a casa del Viejo, decidí volver a la mía en busca de un artículo de prensa publicado por los días en que aún se emitía el célebre programa de Marcel Reich-Ranicki. Pensé que el Viejo podría hallar interés en mi semblanza del crítico y, si no, allá cuidados. ¿Acaso no me decía él cada semana que le leyese lo que yo quisiera?

De paso, como chispeaba, cogí el paraguas.

Cierto atardecer, nada más salir de una iglesia de Hannóver donde acababa de asistir a un concierto, como lloviese con fuerza corrí a refugiarme bajo la marquesina de una parada del tranvía. En los soportes laterales, iluminados, colgaban sendos carteles publicitarios. Uno de ellos atrajo mi atención, y no por cierto el de la muchacha en paños menores cuyos atributos físicos servían para promocionar un producto difícilmente vinculable con la juventud y belleza del cuerpo expuesto. El que suscitó mis reflexiones fue el otro cartel, en el cual se veía al crítico de literatura Marcel Reich-Ranicki posando con su calva, su semblante apenas atractivo y una sonrisa de circunstancias para un anuncio de páginas amarillas.

Era evidente que el gancho publicitario de la imagen consistía en mostrar en las manos del crítico, en unas manos avezadas a sostener los grandes monumentos de la literatura universal, un ejemplar de la guía telefónica. Detrás del anciano ilustre, al fondo de lo que parecía un salón burgués, varias filas de estantes repletos de libros contribuían de manera adecuada a reforzar el equívoco.

El anuncio no me era del todo desconocido. Con fotografía ligeramente distinta lo había visto en ocasiones anteriores repartido por la ciudad. Me agradó comprobar que el oficio de tasar los frutos del esfuerzo ajeno no estuviera, al menos en un lugar del planeta, reñido con el estrellato, entiéndase que con el estrellato en la versión más mundanal posible. Deduje a continuación que tan sólo el elevado índice de lectura de la población alemana podía justificar el hecho de que un experto en literatura figurase en el sitio que por regla general queda reservado a los deportistas, a las actrices y a gente más o menos poco señalada por su valía intelectual.

La fama obtenida por Reich-Ranicki fuera de los círculos especializados se explica fácilmente, puesto que se la ha dado la televisión. Hay que tener en cuenta que *Das literarische Quartett*, su programa sobre libros, se emitía en horas de máxima audiencia, con cotas de aceptación que las cadenas privadas alcanzan tan sólo por la vía tradicional de halagar los instintos más bajos de los televidentes.

Seis veces por año desde 1988, durante setenta y cinco minutos sin cortes de publicidad, las cámaras enfocan a cuatro personas talludas que comentan, sentadas en un círculo de poltronas, cinco libros (por lo común novelas) de publicación reciente. Hablan y gesticulan, se exaltan y enternecen, se dividen en bandos variables de opinión, porfían como parroquianos de taberna, se enojan como sargentos y ríen, si hace falta, a carcajadas, todo para regocijo de miles de espectadores que al día siguiente correrán a las librerías antes que se agoten los libros juzgados. Como fomento de la lectura, el programa de Reich-Ranicki no admite parangón. Demuestra, además, que, aunque parezca mentira, incluso a las diez y cuarto de la noche la televisión es compatible con la inteligencia.

Das literarische Quartett está cortado a la medida de Reich-Ranicki, que fue quien concibió el programa y quien lo ha dirigido de principio a fin con mano de hierro.

Él comunica a sus compañeros, minutos antes de iniciarse la emisión, el orden en que habrán de ser sometidos a debate los cinco libros de turno. Él saluda a los espectadores, presenta al huésped invitado para la ocasión y despide el programa con unos versos, siempre los mismos, de Bertolt Brecht, en los cuales se constata la precariedad connatural de todo parecer humano. Él, en fin, estableció las normas que de vez en cuando no tiene empacho en contravenir, privilegio vedado a los otros participantes, como leer extractos anotados en chuleta (lo hizo la noche en que encumbró a Javier Marías) o adornar sus intervenciones con tiradas a veces prolijas de confesiones íntimas.

Sus arrebatos de cólera o de entusiasmo; su recio acento del Este, que da de comer a imitadores y parodistas; su perfecto dominio de la exageración; la tenacidad con que mete cucharadas de cultura literaria en las bocas del vulgo, simplificando si es preciso para facilitar la digestión de la papilla, y en definitiva sus grandes dotes de comunicador han posibilitado un triunfo que, sin embargo, va mucho más allá del aprovechamiento laborioso de la fortuna y el talento. El triunfo de Reich-Ranicki comporta en cierta medida la consumación de un desquite personal o, si se prefiere, una cuenta saldada en favor propio, pero también en favor de la dignidad de sus familiares gaseados en Treblinka y de la de tantos otros congéneres que por el azar de su condición judía hubieron de padecer humillación, crueldad y muerte en nombre de la nación alemana.

No por casualidad la sintonía con que se abre y se cierra *Das literarische Quartett* proviene del *Cuarteto para cuerda, opus 59*, de Beethoven. Los vivos compases del comienzo del alegro entrañan un homenaje a los habitantes del gueto de Varsovia, donde Reich-Ranicki permaneció confinado hasta su fuga en febrero de 1943. Sugieren al mismo tiempo la idea de que la cultura elige a sus dueños y no al revés, seleccionándolos entre quienes se toman el esfuerzo de conocerla a fondo y amarla con pasión. Aquella música prohibida en el gueto, interpretada a escondidas por instrumentistas andrajosos, famélicos, aterrados, suena ahora, por decisión de un superviviente, en los televisores de los hijos y los nietos de quienes pusieron por obra la barbarie.

En las memorias de Marcel Reich-Ranicki, publicadas con éxito de ventas en 1999, ocupa un lugar central la cuestión de la identidad. El autor no se limita a consignar pormenores de una biografía rica en experiencias de desarraigo, sino que se afana desde las primeras líneas del relato por elucidar, con sentido de denuncia muchas veces, los porqués de una peripecia vital forzada en algunos tramos a transcurrir por los bordes del abismo.

Nacido en Polonia, la ruina económica determina que la familia emigre a Berlín cuando él tiene nueve años. Desde chiquillo lo acicatea el prurito de la lectura. Su maestra, al despedirlo, le ha dicho, acaso para levantarle el ánimo, que va al país de la cultura. Los hechos no tardarán en demostrarle que Alemania no es por esa época un jardín apacible con estatuas de Goethe o de Schiller. A punto de empezar la década de los treinta, Alemania se apresta a transformarse en un infierno para los de la estirpe del pequeño Reich (Ranicki es un seudónimo adherido largos años después al apellido paterno). El niño ansioso de asimilarse ha viajado con pasaporte polaco y es judío: pésimas cartas para afrontar la partida atroz que se avecina.

Ya en el colegio sufre el desdén de sus condiscípulos. Herido en su amor propio, tomará callada venganza por la vía de convertirse en el mejor alumno de la clase. Esa actitud de confrontación intelectual no lo abandonará jamás. Ha dejado escrito en su libro de recuerdos que no sabe odiar, también que el placer constituye el cimiento de su labor crítica. Son afirmaciones que despiden aroma a generosidad, incluso a perdón. Palabras que certifican la cicatrización de antiguas heridas, conclusiones de marinero que ha llegado a puerto. Al mismo tiempo manifiestan otra cosa que tiene que ver con la conciencia plena del triunfo. Revelan un gesto: el del que habiendo alcanzado con tesón lo que le fue negado se permite derrotar públicamente al resentimiento.

En el verano de 1958, el bloque comunista europeo aún no se ha encastillado detrás de fronteras impermeables, de modo que si la suerte acompaña les es posible a algunos individuos valientes atravesarlas en dirección oeste. Marcel Reich-Ranicki aprovecha la ocasión para escapar de Polonia con su familia. Lo alienta el propósito de instalarse para siempre en la República Federal de Alemania, donde aspira a cumplir un sueño concebido en la adolescencia: transmitir a un gran número de lectores, con libertad absoluta de criterio, sus propias experiencias de lector.

No llega a un lugar cualquiera. Llega al país en que de joven le fue prohibido emprender estudios universitarios, espina que nunca ha dejado de dolerle. Llega al país del que fue desterrado y en el que nacieron y se formaron los hombres abyectos que pusieron su energía al servicio de un sistema eficaz de aniquilación. Vuelve como se fue, sin apenas equipaje, sin dinero, sin perspectiva laboral.

Los dedos de una mano no le alcanzan para contar las veces que ha tenido que rehacer su vida desde cero. Tan sólo un libro llevaba consigo al abandonar por la fuerza Alemania, la nación en cuya historia cultural él anhelaba intervenir; tan sólo un incompleto diccionario polaco-alemán lo acompañó cuando, pasados los años, pudo volver. En todos los momentos destacados de su vida se ha hallado presente la literatura. Otro hogar seguro y confortable no ha conocido sino su pasión por ella, por la «patria portátil», como la ha denominado en sus memorias.

Con frecuencia se le ha oído afirmar que sin amor a la literatura no hay crítica. El público aplaude de buen grado la llaneza de su vibración humana. Nada le interesa a Reich-Ranicki menos que elevar la crítica literaria al rango de ciencia. Nada detesta más que los tecnicismos, la jerga filológica y, en general, los usos lingüísticos propios de profesores, terminantemente prohibidos en su programa de televisión. Su ideal de estilo, según ha declarado en repetidas ocasiones, es la claridad, así como la fuente de sus conceptos el gusto personal curtido en lecturas innumerables. No quiso Reich-Ranicki ser un reseñista al uso que se conforma con redactar para la página cultural del periódico cuatro cositas sobre este o el otro libro de actualidad y después se va a su casa a enfrascarse en la lectura del siguiente volumen.

Desde la prensa y la radio al principio, más tarde desde la televisión, el crítico se erigió en guardián celoso de la casa literaria alemana, ejerciendo desde la década de los sesenta del siglo XX, bien como entrevistador radiofónico, bien como responsable máximo de las páginas culturales del *Frankfurter Allgemeine Zeitung,* un poder de intervención en los asuntos literarios del país como no se había conocido nunca antes en Alemania. La consecuencia natural de todo ello es que se le teme, se le ataca y se le odia, hasta el punto de que algún escritor ha habido que le ha deseado la muerte en voz alta. Hombre de veredictos implacables, la fama de verdugo ha seguido a Reich-Ranicki como una sombra, afianzada por revistas y periódicos pródigos en caricaturas que lo muestran de ordinario en actitudes sañudas. Dos portadas del *Spiegel* se han hecho célebres en este sentido: una de 1993 en que aparece convertido en un perro al que le cuelga de la boca un jirón de libro destrozado a dentelladas y otra de 1995 en la que se le ve rasgando una novela de Günter Grass. Imágenes sin duda excesivas para un apasionado de la literatura que, según cuenta, tan sólo aspiraba a ser comprendido.

19

Escribiente meticuloso

El Viejo sonreía cuando le conté que, a la edad de quince años, se apoderó de mí la terquedad de componer un diccionario de gentilicios. He olvidado, le dije, si es que alguna vez lo supe, cómo me vino la ocurrencia de abordar un proyecto que, a los pocos días de iniciado, comprendí que era interminable. ¿Pérdida de tiempo? No del todo. Para un muchacho nervioso como yo, la vana tentativa supuso una lección de perseverancia.

Por aquella época había en casa tres diccionarios que me sirvieron de modelo y con toda probabilidad de estímulo: el de la RAE de 1970; uno de sinónimos, pues ya había empezado a escribir con regularidad, y el de dudas de la lengua española *(así titulado entonces), de Manuel Seco, mi predilecto. Con cándida ignorancia de mis limitaciones, sin formación filológica ninguna, me entregué de lleno a una tarea que me restaba, tanto como la lectura, tiempo para los deberes escolares, las actividades deportivas y las diversiones con los amigos.*

Los alumnos de Bachillerato y del Curso de Orientación Universitaria inscritos en el colegio Manuel de Larramendi, de San Sebastián, teníamos acceso directo a los fondos de la biblioteca del Seminario Diocesano, albergada en el mismo edificio. Y allí estaban, en el salón central, ocupando una estantería completa, los volúmenes negros de la Enciclopedia Universal Ilustrada *de Espasa-Calpe, mi principal veta de gentilicios. Durante los recreos, terminadas las clases lectivas, incluso los sábados* con permiso especial, ojeaba página a página un tomo u otro del *Espasa* en busca de mis preciados vocablos y, cuando encontraba uno, lo anotaba en su lugar correspondiente con una punzada interna de satisfacción.

Ni mi presencia asidua en la biblioteca ni mi trajín diario con la enciclopedia podían pasar inadvertidos. Tampoco yo ocultaba mi laboriosidad. En el colegio se hablaba del diccionario de Aramburu, que jamás fue otra cosa que un fajo de hojas manuscritas. Mi diccionario despertaba cierta admiración entre compañeros y profesores, y por esa vía llegué a intimar un poco con un sacerdote a quien competía la responsabilidad máxima de la biblioteca, aun cuando la persona que se encargaba directamente de los libros, la que me saludaba al llegar y me despedía al irme, era una monja. Mi defectuosa memoria no ha retenido sus nombres.

El sacerdote solía aparecer esporádicamente en la biblioteca. ¿Cómo no iba a llamarle la atención la estampa de un chaval encorvado sobre los mamotretos? Supongo, además, que la monja le habría informado, a su modo susurrante, de la cantidad de horas que yo pasaba allí recogido como un erudito. Total, que entablamos conversación, y un día lo puse al corriente de mi proyecto y de mis aficiones poéticas. No descarto que alguna vez me hubiese sorprendido corrigiendo mis propios versos o leyendo poemas. Juraría que, sin proponérmelo, hice vibrar en su interior una cuerda sensible, pues es el caso que una tarde se ofreció a prestarme bajo mano un volumen de poesía de León Felipe, editado en México y se conoce que prohibido en España. Cumplida la promesa, yo leí en mi casa el grueso libro con el suplemento de curiosidad morbosa que despiertan, no sólo en los adolescentes, los frutos indebidos.

El sacerdote prometió asimismo prestarme no sé qué poemas de Rafael Alberti; pero luego no lo hizo, ya que en ocasiones nos juntábamos algunos en un pequeño cuarto al fondo de la biblioteca, donde jugábamos al pimpón sobre la mesa de lectura y, en fin, armábamos ruido y creo que por esa razón mi benefactor poético perdió la simpatía que me había cogido.

Una sensación concreta de la literatura vinculada a la prohibición la tuve por vez primera con el libro de León Felipe que aquel sacerdote me prestó. Y recuerdo que al entregármelo con extremada cautela, me encareció que no lo mostrase a nadie. Más tarde supe que algunas librerías de San Sebastián vendían a socapa libros prohibidos a los clientes de confianza. Y era habitual, antes de morir Franco, que la gente viajara a Francia a comprar libros similares, revistas y periódicos extranjeros, y a ver películas censuradas o no permitidas en España.

De mi generación sé decir que ha escrito y leído con un margen amplio de libertad. Puede que a quienes no conocieron las leyes restrictivas de la libertad de expresión, el secuestro de periódicos o la censura, les cueste apreciar en su medida justa las ventajas que la democracia, a pesar de sus defectos, sus abusos y sus corruptelas, comporta para la creación de bienes culturales y para su general conocimiento y disfrute.

Ojo, no ignoro que en mi tierra natal el terrorismo se afanó por tomar el relevo represor de la dictadura y cometió cuantos crímenes pudo, también contra profesores y periodistas, matando o lesionando a algunos, atacando sus bienes, amenazando a las personas, forzándolas a desplazarse con escolta o a marcharse.

Salvo en áreas geográficas puntuales, nunca como en mi tiempo los escritores españoles han dispuesto de tanta libertad para escribir lo que quieran y como quieran. Una mirada al pasado confirma nuestra suerte o, si se prefiere, nuestro privilegio. ¿Qué hicimos para lograrlo? El Viejo tenía la respuesta: Al menos la generación de usted y las posteriores hasta hoy tuvieron el acierto de nacer en un momento histórico favorable. A pesar *de que viví mis primeros dieciséis años, le dije, en la época de Franco. Pero precisamente por eso, añadió él, sabe usted un poco, tal vez lo suficiente, de prohibiciones y mano dura.*

Cuesta, efectivamente, no sentir escalofríos al evocar la represión sufrida por tantos ciudadanos, incluidos escritores, de tiempos pasados. Surgió a este punto en la conversación el nombre del profesor Victor Klemperer, sobre cuyo diario tuve mi primera noticia por el programa literario de Marcel Reich-Ranicki. Acerca de los escritores en tiempos del nazismo alemán y de la tiranía de Stalin estuvimos conversando el Viejo y yo durante largo rato. Una semana después, mojada la boca con un reserva fabuloso de una bodega de Haro, le leí la siguiente reflexión:

Aquel alemán de raigambre judía adquirió a los treinta y siete años de edad el hábito de consignar en cuadernos sucesivos los avatares de sus jornadas recién cumplidas. Perseveró en esa disciplina de escribiente meticuloso hasta el último tramo de su dilatada vida. Al principio parece animarlo tan sólo un empeño por levantar acta de la propia inanidad cotidiana. Nada le impide ocuparse de trivialidades, puesto que no tiene en mente a un público mientras redacta. Problemas de salud, apuntes sobre libros leídos, confidencias anodinas y una considerable porción de dimes y diretes tocantes a compañeros de docencia colman cientos de páginas de soliloquio escrito sin apenas relieve de estilo.

En el proceso de tres lustros, los que median entre 1918 (cuando fueron fechados los primeros renglones de sus diarios) y el año en que las urnas propician el ascenso al poder del partido de Hitler, la biografía de este gris profesor de lenguas románicas, afincado en Dresde, discurre al amparo del desahogo económico por caminos más bien llanos y despejados. Victor Klemperer no conoció en dicho lapso otra cúspide vital que el regreso del frente de guerra con una distinción honorífica concedida por el último rey de Baviera. Estirando mucho, alguien podría tildar de interesantes sus comentarios de actualidad relativos a los años de desmesura inflacionista o el relato de algún que otro viaje de placer por tierras de Sudamérica, España e Italia. Bien poca cosa para ganar el renombre que la posteridad le ha deparado, por otras razones, largos años después de su muerte.

La vida cómoda del intelectual sedentario, consagrada al estudio y la labor docente, sufre un cambio traumático cuando el nacionalsocialismo toma en sus manos el timón de la política alemana. Las nuevas circunstancias de acoso al ciudadano judío, de persecución del disidente y de derrumbe de los principios elementales de cualquier sociedad civilizada confieren a los papeles privados de Victor Klemperer el carácter de testimonio del horror vivido en carne propia.

Este horror que aquí se menciona no entraña la menor connotación ponderativa. Las anotaciones de Victor Klemperer no son por así decir literatura, sino lo que en lenguaje popular llamamos la verdad desnuda. Verdad que, por ser como es y por su constante y amenazadora cercanía, no admite tratamientos retóricos al uso. La expresa de manera seca, con copia de pormenores espeluznantes, un hombre persuadido de tener las horas contadas. El relato es premioso, discontinuo; en realidad, más que un relato es un temblor verbal a escondidas. A diferencia de los diarios anteriores a la instauración del régimen nacionalsocialista, estos de ahora consisten en una actividad ilegal que comporta, para su autor principalmente, pero también, de rechazo, para aquellos compañeros de infortunio cuyos nombres figuran en el texto, el riesgo de acabar en un campo de exterminio. Él sabe que por mucho menos han sido embarcadas otras personas en los trenes de Auschwitz. Eva Klemperer se encargará de sacar de Dresde, de tiempo en tiempo, los papeles de su marido, poniéndolos a buen recaudo en casa de una amiga, con grave peligro para la vida de ambas. Su ascendencia aria garantiza a Eva libertad de movimiento. Entre las hojas que viajan ocultas en su equipaje hay en cierta ocasión una que contiene una frase justificativa: *Quiero dejar testimonio hasta el final.* Llegará el día en que dé título al segmento de diarios correspondientes al periodo 1933-1945. Por de pronto constituye el estímulo principal de llevar un libro de cuentas del terror.

Los diarios de Klemperer constatan que hasta la tristemente célebre «noche de los cristales rotos», el 9 de noviembre de 1938, la persecución de que se hace objeto a los judíos se produce de forma escalonada. A fin de que merezcan el castigo que se les desea aplicar a toda costa, los dueños del poder se afanan, en una primera fase represiva, por procurarles la ocasión de delinquir, creando contra ellos, con sutileza maligna, un cuerpo de leyes. Hoy una disposición les prohíbe esto, semanas después otra les prohíbe o les impone lo otro. No se les arrebata el aire de golpe sino poco a poco, y aún pueden respirar. Al descrédito se agregan la humillación, el expolio, y mal que bien pueden respirar. Todavía no se han generalizado las deportaciones en masa y algunos, ingenuamente, se aferran a la esperanza de estar padeciendo un episodio breve de la historia de Alemania.

Las primeras reacciones de Klemperer guardan similitud con el cabeceo reprobatorio de un hombre culto. «En realidad», afirma en una apuntación de 1933, «siento más vergüenza que miedo.» Y a seguido puntualiza: «Vergüenza por Alemania». Ni entonces ni más tarde, cuando se vea en el aprieto de subsistir en una situación de continuos sufrimientos físicos y psicológicos (o cuando años después contemporice con el régimen comunista), renuncia Victor Klemperer a su condición germánica. La germanidad *(Deutschtum)* lleva aparejada para él una punta de orgullo cultural. Se advierte en sus escritos que es más vulnerable por el lado intelectual que por el judío. Hijo noveno de un rabino, renegó siendo joven de su primera fe para abrazar, con el tibio entusiasmo que le merecía cualquier sistema de convicciones, la doctrina de Lutero. Sus señas judaicas le suscitan similar resignación que sus frecuentes achaques cardiacos. No hay duda de que aventurarse por las calles de Dresde marcado con la estrella amarilla lo abochorna; pero no por ello sufre mella en la estima de sí mismo, sea porque se sabe víctima de una iniquidad, sea porque a veces recibe consuelo de algún viandante que osa dirigirle un susurro solidario. En cambio, su desolación no conoce paliativo al serle vedado el acceso a las bibliotecas públicas, o cuando le confiscan la máquina de escribir y le prohíben leer la prensa, poseer libros o guardar papel en casa.

¿Qué impide a este hombre emprender el camino de la emigración? ¿Por qué no toma ejemplo de su hermano, de su primo (el eximio director de orquesta) y de tantos amigos, vecinos, colegas, que ventearon como él la infamia a tiempo y se marcharon? Desde los primeros barruntos de la barbarie, sus diarios se pueblan de vaticinios agoreros. Ya en 1933, Victor Klemperer antevé lo esencial de la catástrofe que se avecina. No necesita abismarse en cálculos complicados. Le basta un dos más dos igual a cuatro para inferir la guerra y los pogromos. Lo lógico sería ponerse a salvo ahora que las salidas no están cerradas. Klemperer se debate en un vórtice de dudas y temores. Tantea en repetidas ocasiones, sin eficacia ni firmeza, la posibilidad del destierro, hasta que lo vence el fatalismo. «Estoy atado a este país y a esta casa para el resto de mi vida», escribe en 1937.

No menos que el miedo a despegarse intelectualmente de Alemania, lo retiene en Dresde la negativa a prescindir de su posición desahogada y de los bienes materiales obtenidos con esfuerzo: el puesto de profesor del que será despojado, la criada que no podrá sostener, el coche que le confiscarán, la casa que deberá ceder en alquiler forzoso. El hambre no tarda en llamar a la puerta, vestida con harapos, acompañada del consabido cortejo de desgracias. Llega un momento en que la situación del matrimonio Klemperer se torna apenas soportable. Se apresuran entonces marido y mujer a probar fortuna en las oficinas del Consulado General de Estados Unidos en Berlín, donde se les inscribe con los números 56429 y 56430 en la lista de espera de los que se perecen por conseguir un pasaporte visado. Corre el verano de 1939. Ya es tarde para escapar, ya están ambos en la trampa, ya sus vidas penden de una hebra. Por espacio de seis años no conocerán otra cosa que el infierno. Consumidas las últimas esperanzas, la resignación adopta en los diarios de Victor Klemperer formas de humor acerbo. «O sobrevivo a la guerra», se lee en una nota de 1940, «y entonces no hace falta que me marche, o no sobrevivo y por tanto tampoco necesito marcharme, y mientras persista la guerra no me puedo ir. Entonces, ¿para qué atormentarse?»

Esa época de conflicto bélico internacional y de caza de judíos confiere a los diarios de Victor Klemperer un sentido de resistencia heroica. Cada página, ahora que escribir equivale a no haber sido asesinado todavía, resguarda del olvido un fragmento de dignidad humana. Aquella escritura que comenzó siendo monólogo vespertino de intelectual ocioso, que derivó a partir de 1933 hacia una actividad arriesgada de comentario y crítica, ha tomado finalmente el cariz de una misión que rebasa los límites de la mera crónica de vicisitudes personales, y ello sin necesidad de perder de vista todo aquello (las minucias caseras, el recuento de penalidades, la pérdida paulatina de sensibilidad) que permite establecer una clara distinción entre el documento humano y la mera acumulación de datos útiles para explicar un tramo execrable de la historia europea del siglo xx.

Dicha misión es asumida por un hombre acosado y débil a quien no resta más propiedad que su lucidez. «La sensación de tener que escribir», afirma en 1942, «es mi tarea vital, mi profesión.» En otro lugar dirá «mi heroísmo». Los papeles privados de Klemperer no reproducen, partiendo de una selección consciente y ordenada de recuerdos (Primo Levi, Semprún, Jean Améry, entre otros), una experiencia particular de la atrocidad, sino que son el presente de dicha atrocidad, abordado desde el ángulo de visión de la víctima. Son a un tiempo testimonio inmediato y denuncia. Prueba de esto último es que los editores alemanes han creído conveniente suprimir de los textos los nombres de algunas personas implicadas en la persecución de los judíos y aún con vida en el momento de la difusión pública de los diarios.

Confinado en sucesivas casas de judíos, Klemperer combate denodadamente esa otra hambre que lo está consumiendo con no menos saña que la del cuerpo: el hambre intelectual. Si hay suerte la mitiga mediante la lectura de libros que le prestan bajo mano, pues tiene ri-

180

gurosamente prohibida la lectura. Con el mismo fin se impone tareas que despacha en papeles sueltos, a menudo en medio de circunstancias inhumanas. Para garantizarse la supervivencia mental, el viejo profesor escribe sus diarios, relata su vida, toma notas con vistas a un proyecto de estudio de los usos lingüísticos del Tercer Reich, obras que verán la luz en su día. En febrero de 1945, aprovechando el caos que se desencadena a raíz de la destrucción de Dresde, Victor Klemperer logra escurrirse entre las llamas y las ruinas, y huir hacia el campo en compañía de su mujer. Demacrado, enfermo y andrajoso, lleva consigo sus últimos manuscritos.

Una semana más tarde, y no fue la última, volvimos a saborear el reserva de Haro, pues el Viejo guardaba en la bodega una copiosa provisión de aquella marca. Y me explicó cuándo y dónde había adquirido las botellas, e insistió en regalarme una y yo la acepté. Por fin me tocó el turno de palabra. Lo aproveché para reanudar la conversación sobre la falta de libertad y sobre no sabíamos él ni yo si decir el exceso de libertad o la libertad sin límites, asuntos estos de los que habíamos estado hablando a propósito de Victor Klemperer antes de desviar nuestra atención hacia las botellas de vino.

Conté que, poco antes de morir Franco, viajé una tarde con un pariente mío a la ciudad de Biarritz, en el sur de Francia. Aparcamos el coche en una calle solitaria y él dijo: Vamos por aquí, y por allí fuimos. Nuestros pasos nos llevaron a un establecimiento de una naturaleza que yo desconocía. Unas cuantas personas que hablaban castellano se repartían por el interior. Fue en aquel sitio donde vi por vez primera una secuencia pornográfica. Mi memoria, que olvida tantas cosas, recuerda con detalles este episodio trivial de mi adolescencia.

Al rato de estar ojeando las inusuales mercancías, mi pariente introdujo una moneda en la ranura de una máquina, que de este modo se puso en funcionamiento. Durante varios minutos nos alternamos para mirar a través del ventanillo de un pequeño cine en forma de caja. Dentro había una pantalla sobre la que, por efecto de la moneda, se proyectaban en aquel instante imágenes de una felación. Dicho en el habla nuestra, una mamada.

El ajetreo bucal de una mujer negra supuso un descubrimiento para mí, sin que ello provocara cambios sustanciales en mi particular concepto de la existencia. Dudo que las referidas imágenes tuvieran repercusión en mi progreso hacia la edad adulta. Constaté, eso sí, como cosa nueva, que había en el mundo una manera de dar y recibir placer físico sobre la que nadie me había puesto en antecedentes. Los libros a los que era tan aficionado no me habían abierto los ojos en aquella dirección; mis sucesivas y tiernas novias, a las que no profesaba menor afición, tampoco. ¿Los maestros del colegio? Quizá falté a clase el día en que se trató la materia. ¿Mis padres? No recuerdo que en mi casa se pronunciase jamás una sola palabra sobre usos y juegos eróticos. En esa, como en otras cuestiones, tuve que educarme por mi cuenta.

Pero a lo que iba. La proximidad de la frontera con Francia propiciaba aquellas excursiones que permitían esparcimientos vedados al sur del río Bidasoa. La curiosidad me induce a preguntarme qué pensaría el circunspecto francés que regentaba el local, de aquellas procesiones de españoles infantilizados por la falta de libertad, tan favorable, por otro lado, a su negocio.

Los tiempos cambiaron no bien falleció el valedor máximo de aquella moral represiva. La democracia sustituyó a su régimen, vino el famoso destape, las pantallas del cine y los escenarios del teatro se llenaron de pechos femeninos, culos y entrepiernas. Con el tiempo, agotada la novedad, los mirones dejaron de aglomerarse en el tetódromo, que era como se conocía popularmente en San Sebastián al segmento de barandilla desde el cual se abarcaba la zona de la playa de La Concha donde les estaba permitido a las mujeres solearse sin la prenda superior del biquini.

Más adelante se extendió la permisión a todas las playas del municipio y aun de la provincia, sin restricción de zonas, de manera que al cabo de un tiempo el asunto, asumido por todos los ciudadanos, dejó de ser un asunto.

España pasó en cuestión de unos años del severo pudor impuesto por las convenciones sociales y el dictamen de las autoridades políticas y religiosas a la exhibición pública de carne y confidencias, con la consiguiente liberalización de las costumbres. Después del comprensible apogeo inicial, la literatura erótica fue perdiendo poco a poco su fuerza desinhibidora, y si antes era anulada por la censura rigurosa y el castigo aplicado a las prácticas prohibidas, ahora no la anulaba menos la trivialización consubstancial a lo explícito y lo reiterado, que convierte el arte de amar en fisiología.

El Viejo y yo estábamos de acuerdo en que un poquillo de prohibición; un par de tabúes para que nadie se vea privado del aliciente de transgredirlos; en fin, la posibilidad de conquistar para uno mismo y acaso para otros, por medio de la iniciativa propia, parcelas de libertad es, tanto como un ejercicio gustoso y sano, una opción estimulante que confiere sentido positivo a la vida. Lo expresé hace años en este artículo que le leí al Viejo otro día:

El verano pasado (o el anterior, ya no me acuerdo) me entretuve observando cómo follaban dos moscas en el alféizar de una ventana. El vocablo *follar,* ahora que lo pienso, acaso resulte desproporcionado si vinculamos sus atléticas connotaciones con la falta de agitación, de esfuerzo físico, de gozosa fatiga y de jadeos que se percibía en aquellos dos minúsculos seres acoplados. Tampoco afirmaría yo, más finamente, que hicieran el amor, aunque vaya usted a saber. A mí al menos no me consta que los bichos se mostrasen acordes en ningún tipo de ritual voluptuoso. Dudo, incluso, que se conocieran personalmente.

Lo cierto es que, cuando me acerqué a la ventana de aquel ambulatorio de provincias, una de las moscas se encontraba sola, frotándose tan campante los artejos sobre la chapa de cinc que cubría el alféizar. Por lo que sucedió acto seguido deduje que se trataba de una hembra; si joven o vieja, esto yo no lo puedo precisar. De repente llegó volando la otra y, sin mediar palabra ni preguntar el precio, se montó encima de la primera.

Me acometió al pronto una punzada de envidia. Se me figuraba que en las sociedades mosquiles no existe impedimento para la satisfacción del apetito sexual. Un encuentro fortuito determina la cópula. Todo su arte de amar consiste en entregarse a una simple pulsión, suscitada, supongo, por un estímulo de naturaleza olfativa. No conocen el galanteo, ni la poesía amatoria, ni el noviazgo, ni la noche de bodas, ni el lío a escondidas. Una mosca reprimida, melancólica, mortificada por los complejos, es una posibilidad que la naturaleza a buen seguro no contempla.

La mosca hembra ni siquiera parecía haberse percatado de que un congénere se le acababa de subir a la espalda con el empeño de efectuar un apacible trasvase de secreciones. El fulano díptero, tipo por lo visto parco en palabras, permanecía en su particular postura coital tan quieto, tan apático, como esos chavalillos que esperan con cara de formales a que el operario del tiovivo ponga en marcha la rueda de caballitos.

Inferí que las moscas son gente desinhibida que tiene resuelto el problema de la liberación sexual. Ni sacralizan el placer ni satanizan el apareamiento. Pegan los abdómenes por el extremo correspondiente y santas pascuas. Ni siquiera se miran a la cara. A este respecto llevan todavía ventaja sobre el género humano; aunque no parece superfluo mencionar aquí que en las últimas décadas hemos conseguido acortar diferencias. Al menos en los países occidentales, hace décadas que cundió la precipitación por sepultar en los muladares de la trivialidad una cultura erótica de antigua raigambre. Imitamos a las moscas. Y esto, para la literatura, es perjudicial.

William Somerset Maugham afirma en un ensayo sobre novelas y novelistas *(Diez grandes novelas y sus autores)* que el progreso hacia la relación sexual es más excitante que su culminación. No recuerdo con exactitud sus palabras; pero juraría que apenas difieren de estas que le atribuyo. La idea no es más joven que la humanidad; pero, al paso que vamos, bien pudiera reducirse a una nuez vacía en ciertos predios de apogeo consumista en los que la exhibición de carne íntima con fines comerciales contribuye a vaciar de fantasía y buen gusto la mente de los ciudadanos. Estoy, dicho sea de paso, a favor de la revolución sexual siempre y cuando se trate de mi revolución sexual.

A la castidad fomentada desde los púlpitos le complace obstruir el camino que conduce a la consumación del deseo concupiscente. También a su manera el sexo explícito, el relato de asunto fisiológico, comporta una negación del rito amoroso, sin el cual la literatura erótica, que es ante todo un arte del detalle sugerente, de la insinuación, del desvelamiento paulatino, se queda privada de su necesario sustento poético.

Así que para cuando la enfermera anunció mi turno desde el umbral del consultorio, ya no me desazonaba el menor atisbo de envidia por las moscas del alféizar. Antes al contrario, me daban lástima a causa de su ignorancia de los dulces prolegómenos que dilatan la consumación del placer. ¿Cómo iban ellas a tener noción de la desnudez si nunca se visten? ¿Qué delicias de los sentidos podría celebrar quien desconoce la superación de la vergüenza, los tabúes y las convenciones sociales? Me alejé de la ventana convencido de que las dificultades del camino hacen doblemente deliciosa la llegada.

21
El episodio del fiacre

Previendo el rumbo que tomaría la conversación, añadí al texto que pensaba leerle al Viejo otro sobre un célebre episodio de la literatura francesa. Y a fin de encauzar la charla hacia el asunto tratado en dicho escrito, le referí a mi interlocutor recuerdos de infancia y adolescencia relacionados con dos burdeles que había en el camino al colegio. El uno se llamaba Etxe-Maite; el otro, Carabela. Los separaba un tramo de no más de trescientos metros, con una curva en medio. Los dos estaban junto a la parte de la carretera que daba al monte, de modo que yo veía a diario sus respectivos letreros y sus entradas desde el borde opuesto de la calzada, el único que disponía de acera.

La gente del barrio llamaba a estos lugares casas de putas. Aunque no por ley, estaban permitidas o, por lo menos, toleradas. No las asocio en mi recuerdo a escándalos, crímenes, reyertas. Quizá la ausencia de conflictos graves, con repercusión fuera de sus paredes interiores, facilitaba la permisión. Se cuenta que no escaseaban entre las prostitutas las casadas con hijos. Como desde la calle no era posible verlas, no me quedaba más remedio que dibujarlas en mi fantasía y figurarme de paso el mobiliario de aquellos establecimientos que suscitaban en mí una incesante fascinación mezclada con intriga.

Al Etxe-Maite, situado por encima del nivel de la calle, como en un primer piso, se accedía a través de una angosta es-

calera abierta en el muro. La fachada desaparecía detrás de una mampara con jardineras y tiestos. La casita del Carabela tenía las persianas rigurosamente bajadas. En la parte exterior de ninguno de los dos burdeles podía verse un solo detalle que delatara la naturaleza del negocio. Eran, vistos desde la acera de enfrente, bares, aunque todos sabíamos lo que se practicaba en su interior. ¿Lo sabíamos? Yo me lo tenía que imaginar, al principio desde la simplicidad del niño, más adelante con imágenes tomadas, supongo, de películas y revistas. En un par de ocasiones, ya oscuro el cielo, vi montarse en un taxi parado delante del Carabela, por una puerta a un hombre, por la otra a una prostituta con ropa llamativa y melena que tal vez era peluca.

Por fin una noche, de vuelta de los fuegos artificiales, durante la Semana Grande de San Sebastián, me vino un pronto de intrepidez y me metí en el Carabela. No recuerdo mi edad de entonces, pero es seguro que tenía la suficiente para no ser despachado del local nada más poner un pie dentro de él, así como para llegar a casa a una hora de mi elección.

Encontré el espacio comprendido entre la puerta y la barra del bar atestado de varones. En el centro estaba una mujer metida en años. Enseñaba bastante pecho y tenía el semblante embadurnado de maquillaje. Comprobé que respondía con desparpajo a las ordinarieces de la jovial parroquia. Había mucho humo de tabaco y muchas risas a costa de la mujer. Apenas permanecí un minuto en el recinto, pues había oído decir que las bebidas eran costosas por demás y a mí me apretaba el temor de que el barman me indujese a consumir.

Salí a la calle decepcionado. En un instante se había disipado en mí la fascinación sentida desde niño por lo secreto y pecaminoso de aquellos lugares. La vulgar escena que acababa de presenciar, el jabardillo de bobalicones, los afeites de la puta ave-

*jentada, el bar cutre, me parecieron carentes de interés y, por su-
puesto, infinitamente menos excitantes que las mil y una fanta-
sías que yo había discurrido en el curso de los años cada vez que
pasaba por la zona. He ahí una lección útil para la literatura,
le dije al Viejo, que nunca he olvidado. Sonriente, hizo aquel
gesto, que tanto le gustaba, de adelantar su copa para chocarla
con la mía en señal de aprobación.*

La peripecia es común, lo cual, al menos en literatura, no implica forzosamente un demérito. Llevarla a cabo, aunque sea dentro de los límites de una simulación de la realidad hecha con palabras, supone atentar contra los usos morales de la época, y esto las dos figuras de ficción convocadas para protagonizarla no lo ignoran.

Ella, Emma Bovary, está casada con un hombre bueno que no la satisface; él, Léon Dupuis, soltero y guapo, trabaja de pasante en un despacho de abogados. Impulsos disímiles los llevan a un primer encuentro carnal. Emma ama el amor, sueña con amar y que la amen, y gusta en consecuencia de exaltarse con pensamientos apasionados que la liberen de las largas horas de monotonía provincial. Ofrece a cambio todo lo que posee: su cuerpo, su reputación y la modesta fortuna del marido engañado.

Vencida la timidez de otros tiempos, a Léon se le da un ardite disimular sus aspiraciones voluptuosas. La cita es a las once de la mañana de un día del siglo XIX en la catedral de Rouen. Léon acude con puntualidad. No es sólo que sabe lo que quiere y lo quiere sin demora, sino que, a ojos de quienes juzgan los comportamientos ajenos, al contrario de Emma apenas tiene nada que perder. ¿Qué le puede reprochar la sociedad de su tiempo? ¿Que es un aprovechado, un conquistador, un donjuán? Mientras espera la llegada de la mujer se complace en la sensación triunfal del fruto conseguido. Lo seduce el pensamiento de la virtud femenina rendida a su deseo. Tal goce de la vanidad antecede al otro meramente físico y aun puede que lo abarque.

Emma Bovary se presenta en la catedral con una carta redactada con el objeto de anular la misma cita a la que acude. No le valen más otros arbitrios con que débilmente intenta resistirse a la acción lasciva. Sus escrúpulos se prolongan por espacio de casi dos horas consagradas al rezo, de sinceridad dudosa, y a la observación de las curiosidades ornamentales de la iglesia. Necesita un argumento que niegue la cruda indecencia del paso que está a punto de dar y ponga fin a sus titubeos. Léon, enojado con la dilación, le espeta que así se hace en París lo que ambos se traen entre manos. Halagada en su coquetería, Emma accede entonces a implicarse en uno de los pasajes más celebrados de la historia del género novelesco.

El acierto del ardid narrativo de Flaubert reside en lo que no se cuenta pero el lector adivina o cree adivinar, partiendo, claro está, de los antecedentes que se le han proporcionado y de una selección adecuada de detalles previstos para afianzar la sospecha sobre la naturaleza erótica del lance escamoteado. El escritor convencional de nuestra época, menos sometido a trabas morales, acaso por ello más inhábil para las sutilezas del discurso literario, habría tal vez favorecido la narración explícita, de relieve artístico menor.

Dicha opción comportaría la descripción tal vez entretenida, pero ridícula y trivial, de un hombre y una mujer más o menos despojados de ropa en el interior de un fiacre decimonónico; empeñados en un ajetreo sexual dentro de un espacio estrecho y, por supuesto, incómodo, remejido por tumbos constantes durante un lapso inverosímil de alrededor de cinco horas, conforme se deduce de las marcas temporales repartidas en el texto.

El artificio ideado por el novelista dota al conocido episodio de un admirable poder de sugerencia. El lector es invitado al juego deleitable de urdir conjeturas, sospechas y otras picardías. Al narrador le ha sido vedado subir con Emma y Léon al fiacre. Las cortinillas corridas le impiden por añadidura averiguar lo que ocurre dentro. A sus oídos sólo llegan las órdenes imperiosas de Léon para que el cochero no interrumpa la marcha sin rumbo. Más tarde asoma una mano que arroja al aire los jirones de una carta rasgada. Eso es todo. Ni siquiera sabemos a quién pertenece la mano. ¿Al varón rijoso que ha impuesto su voluntad en un acto de fuerza? ¿A la hembra descocada que acaba de dar el visto bueno al adulterio?

El narrador, que hasta ese instante había ejercido la omnisciencia, se ve obligado a observar el vagabundeo alocado del fiacre por las calles de Rouen como si fuera corriendo detrás. Se dijera que jadea mientras enumera los lugares de paso, acelerando el ritmo de la narración como si lo apretase el temor a perder de vista el vehículo igual que ha perdido de vista los incidentes mentales y las acciones físicas de sus personajes.

No es difícil suponer que para un lector europeo del siglo XIX, menos habituado que el de nuestros días a imágenes de contenido sexual, la lectura del episodio del fiacre entrañase una experiencia no sabemos si más intensa, pero en todo caso más turbadora. Los responsables de la edición de la novela en la *Revue de Paris* lo juzgaron obsceno. Decidieron por dicha razón suprimirlo en la entrega del 1 de diciembre de 1856. Quien lea los párrafos censurados no hallará en ellos un ápice de erotismo; tan sólo alusiones al recorrido de un carruaje, a un cochero perplejo, a transeúntes asombrados. La presunta obscenidad, el pecado, el crimen moral, no están en las páginas del libro. Su existencia parece reservada a la imaginación de algunos lectores.

22

Pequeña reflexión real

No siempre, le dije al Viejo, consiento que mi experiencia de la realidad gobierne la escritura. Busco entonces materia prima para mis textos en las ocurrencias, visiones, caprichos de la imaginación. A nada renuncio que pueda ser de provecho literario, pero elijo. Y con frecuencia la elección desfavorece, siquiera parcialmente, a la opción creativa que hace del escritor un ser humano a quien le sucedió algo y después lo cuenta.

De niño me aventuraba de vez en cuando un poco más allá en mis forcejeos intelectuales con la realidad. Al cruzar, camino del colegio o de vuelta a casa, por delante de los burdeles, ignorante de cómo eran estos por dentro, construía mentalmente mi propio decorado con imágenes imposibles de verificar. Así pues, llenaba los huecos de mi experiencia con ficciones, en la esperanza de conquistar zonas del mundo real que me estaban vedadas.

Un día, aún joven, descubrí lo que todo el mundo sabe, pero pocos practican; esto es, que los recursos de la imaginación no sólo sirven para parchear la realidad, suplantándola en la obra de arte, sino que de ellos puede fácilmente derivarse el suceso público. Ya antes que abrazara el surrealismo, a la edad de diecisiete o dieciocho años, me tentaba la idea de cometer sabotajes humorísticos y poéticos de la realidad común.

Para llevar a cabo acciones encaminadas a introducir elementos desconcertantes en la vía pública y donde se terciase, unos cuantos amigos, escritores incipientes, fundamos en el año

1978 el Grupo CLOC de Arte y Desarte. No menos que la escritura me apasionaba por entonces la tentativa de desfamiliarizar la realidad a partir de estímulos literarios, en presencia de viandantes, interfiriendo de forma gratuita, absurda, provocadora, en sus vicisitudes cotidianas. Protagonizamos un copioso anecdotario, por lo general divertido, con su toque de poesía en algunas ocasiones.

Me percaté, sin embargo, de que aún se podía dar otro paso más allá en el toma y daca constante con la realidad, ejercicio que acaso sea uno de los motores principales de mi literatura. Y este paso lo di a solas años después, en Alemania, sin salirme del reducto de la actividad literaria. Me refiero al invento del chestoberol.

Quizá sepa usted, le dije al Viejo, que el chestoberol consiste en una bola hueca de metal pintada con motivos diferentes. Está unida a una cadena o a un cordel rematados en una especie de pulsera, lo que permite sujetar el chestoberol al antebrazo. Fuera de la literatura no se le conoce más utilidad que la decorativa. Ni siquiera su denominación tiene un origen etimológico. El chestoberol figura en varios de mis libros. En ellos no es sino uno de tantos objetos de existencia limitada a la ficción, como el Aleph de Borges, el yelmo de Mambrino y tantas otras alhajas, armas y demás cacharrería debida a la fantasía humana. Lo que yo hice fue incorporar mi objeto imaginario al mundo material, invirtiendo aquel proceso predominante de la creación literaria según el cual la experiencia o el fingimiento de la experiencia precede al texto.

En la actualidad poseo tres chestoberoles, uno pintado por mí, los otros dos por mi hija Cecilia. Las bolas, de cobre, me las agenció mi madre en el taller de un fontanero. Varias veces he presentado los chestoberoles en sociedad, en sitios distintos donde me fue dado comprobar que las personas sienten una incomodi-

dad instintiva ante una cosa a la que no saben o no pueden otorgar significado. De inmediato preguntan por su nombre, su función, por los materiales de que está hecho y, en muchos casos, también por su precio. Jamás encontré a un congénere que no me pidiera una explicación o que no la buscara él por su cuenta, de ordinario por la vía de establecer comparaciones con objetos conocidos de apariencia similar.

Una semana después le llevé al Viejo el chestoberol blanco con lunares azules, reproducción del primigenio descrito en uno de los cuentos que integran mi libro No ser no duele. Como sus ojos apenas lo podían ver, el Viejo se dedicó a estudiarlo con las manos. A este punto, olvidado al parecer de nuestra conversación de la semana anterior, me preguntó lo que le dije que me preguntaba todo el mundo cuando se halla por vez primera ante un chestoberol. No descarto que lo hiciera adrede, pues malicia no le faltaba. Y como en el curso de nuestra última velada me preguntó con cierto retintín a qué me refiero cuando hablo de realidad, pensando en que nos sirviera de base para una posible discusión le llevé asimismo y le leí el texto siguiente:

199

El sitio donde están las cosas y donde están los demás y cada uno de nosotros con ellos, despiertos o soñando, es la realidad. La realidad se compone asimismo de tiempo y está por ello sujeta a cambios constantes. Su existencia no depende de un acto de revelación. No hace falta, por tanto, fe para creer en la realidad. Basta, en caso de duda, con echar a correr hasta golpearse la frente contra ella.

¿Quién no ha visto dioses con barba, paraísos con pájaros y manzanos, la gloria eterna cuajada de nubes sobre fondo azul? Tamañas maravillas no son posibles fuera de la inventiva humana. Tampoco nos es dado concebirlas sin el concurso de formas usuales tomadas de la realidad común, en formatos y con materiales que pasaron por las manos de algún artífice. Incluso un ángel no es más que un joven con alas, y una sirena, media mujer acoplada a una cola de pescado. Se puede saltar de una realidad a otra, pero en modo alguno no estar pisando alguna.

La realidad es cuanto hay dentro y fuera de uno, aunque no muestre apariencia sólida, líquida ni gaseosa, aunque sea un disparate, aunque conste de símbolos. No hay más, pero hay, eso sí, un sinnúmero de realidades, tantas por lo menos como observadores. Un solo observador suscita, además, su propia muchedumbre de realidades, también si es ciego.

La realidad es susceptible de ser expresada, pero puestos a representarla en forma escrita, haga usted el favor de resumir. Un traslado exacto de la realidad duplicaría el universo, aunque en el fondo da igual puesto que nadie iba a enterarse. ¿Quién tiene tiempo y ganas de leer la biografía completa, segundo a segundo, de cada átomo existente?

Un individuo apenas capta con sus sentidos defectuosos y limitados unos cuantos visos del panorama inabarcable. Porque esa es otra. La realidad se extiende más allá de nuestros horizontes personales. No estábamos y ella ya estaba. Estamos y nos desborda por todos los flancos. No estaremos y seguirá en su sitio, húmeda y giratoria o acaso polvorienta y deshabitada.

La realidad es múltiple, polifacética, innumerable. La Luna, apenas distinta de como la vieron los faraones, los incas o Federico García Lorca, es y no es la misma para los ojos del hombre que ahora la mira ebrio, jaquecoso, deprimido, o que simplemente la evoca en su memoria, la contempla en sus delirios, la propugna en sus utopías.

Por si no tuviéramos suficiente faena apechando con tanta complicación, resulta que la inteligencia humana no se conforma con la vasta realidad que ha de interpretar a diario. Le sabe a poco. Siente que el cosmos se le queda pequeño y la eternidad, corta; que ambos la aprietan, empeñados en asfixiarla.

Se consagra entonces a la invención de nuevas realidades, y acogido a las ilusiones del arte, de la religión, de alguna de las abundantes formas de arrobamiento de que dispone, se entrega a la busca de reinos espirituales; compone testimonios de lo que no ha visto; inventa colores; discurre melodías; describe por extenso, con voluntad de compartirlos, mundos que sólo su imaginación ha visitado.

El lenguaje no es la realidad; pero puede, si se lo propone, cortar mucha hierba. El escritor fija o por lo menos remansa lo que no cesa de fluir, retardando así la victoria segura del olvido. Ensaya sin descanso versiones nuevas de la realidad que suceden en su mente, donde cobra o debiera cobrar sentido cuanto acontece en sus alrededores, lo mismo le llegue por los ojos, por el gusto o el olfato, o por el lenguaje mejor o peor articulado.

¿Qué otra cosa puede hacer el escritor sino crear sucedáneos veraces de realidades bellas, terribles, ridículas, emocionantes, concebidas a la medida de sus deseos, de sus locas quimeras, de sus ardides para entretener la soledad o confundir el tedio?

No menos deberá esforzarse el escritor por recordarnos que no todo lo real es visible, ni está presente, ni quizá se explique con el simple auxilio del sentido común. Si no es que, disconforme con la realidad de los hombres de su tiempo, la vuelva crónica de melancolías o documento de denuncia o queja.

23

El arroz de la novela

Un jueves en que bebimos dos botellas de vino tinto chileno, le conté al Viejo que de niño me hacían asistir a misa los días de precepto. Recuerdo, dije, que los feligreses se repartían en dos bloques de bancos divididos por un pasillo central. La parte derecha estaba reservada a las mujeres. Yo me sentaba con los varones en la otra parte, desde donde efectuaba minuciosas observaciones del género humano.

Los sermones, las cartas pastorales, la lentitud de la ceremonia, me aburrían. Para combatir el tedio contaba calvas y me dedicaba a examinar con detenimiento fisonomías dignas de la atención de un crío cabroncete. Me interesaba más la gente que las verdades propagadas desde el púlpito. En esto no he cambiado.

Desentendiéndome, pues, de la voz monótona del sacerdote, hallaba gusto en el escrutinio de la fealdad y los defectos de mis congéneres, por más que, con ser muy joven, no ignoraba que tarde o temprano el tiempo habría de someterme a parecidos estragos.

Según crecía fui perfeccionando la técnica de observación. Llegó un momento en que dejé de conformarme con el simple cómputo de anomalías físicas. Descubrí juegos más complejos y más entretenidos. Seleccionaba, por ejemplo, a uno de los circunstantes al azar y le atribuía una historia a partir de sus rasgos faciales, de su vestimenta o de la manera como caminaba cuan-

do volvía de comulgar. Al cuarto de hora la iglesia rebosaba de asesinos, de hechiceras y ladrones que ocultaban su verdadera personalidad detrás de una fachada de falsa devoción. A un fulano lo hacía atracador de bancos, a otro lo mandaba a pelear contra serpientes enormes en las montañas y al de más allá le auguraba un accidente mortal a la salida de misa.

A menudo, continué, remataba el pasatiempo poniendo a convivir en la imaginación a dos o más feligreses. La nutrida concurrencia favorecía las posibilidades combinatorias y yo aprovechaba esta circunstancia para relacionar a personas de aspecto disímil. Podía ocurrir que eligiera a una señora flaca tocada con mantilla y la casara con el señor oroñdo que a mi lado no paraba de secarse la frente con el pañuelo. O que metiera en un cohete espacial, con combustible suficiente para alcanzar los confines del universo, a una vieja de ojos saltones, al mismo cura y a un chaval que trabajaba como repartidor de butano.

Aquella fascinación que profesaba de niño por el destino particular de los seres humanos evolucionó conmigo y todavía me acompaña. Hoy por hoy constituye uno de los estímulos que con mayor fuerza me impulsa a escribir novelas y relatos. Dije, en réplica a una indirecta del Viejo, que ya no necesito asistir a los oficios religiosos en busca de ficciones. La literatura me dispensa de ello. Y, sin embargo, noto un vínculo incesante entre el adulto que escribe y el niño que ideaba ocurrencias maliciosas para vencer el aburrimiento. A los dos nos alienta el propósito de intercalar un sucedáneo de realidad en la realidad que nos circunda. A los dos nos seduce por igual la diversidad humana.

La creación de individuos concretos por medio de la lengua escrita se me figura a mí ingrediente esencial del género novelesco. Le advierto, me interrumpió el Viejo, a quien el consumo de vino solía infundir una alegre propensión a la mordacidad, que está usted descubriendo el Mediterráneo. De acuerdo, le dije, lo explicaré con otras palabras. Parece razonable aventurar que un texto largo se noveliza por la presencia activa de unos personajes. No hay novela que no verse acerca de lo que le pasó o le está pasando a un puñado de individuos interrelacionados. Dicho de otro modo, que no trate de vidas privadas. Hay novelas con poca población de personajes, como la primera parte de Robinson Crusoe. Otras, como Manhattan Transfer de John Dos Passos (o como La colmena de Camilo José Cela, añadió él), convocan por el contrario muchedumbres.

En las mencionadas primeramente, un grupo selecto de personajes da lugar a un tejido de acciones. De la autonomía y coherencia de estas dependerán las líneas argumentales de la narración. En cambio, las novelas populosas tienden por su naturaleza coral a la yuxtaposición y el contrapunto de episodios, cuya totalidad resulta invulnerable al resumen. Como consecuencia de ello, cada figura de ficción es por sí misma insuficiente para sostener la imagen general donde todas juntas hallan su sentido verdadero. Son, como las piezas de un mosaico, fragmentos de una realidad mayor que las engloba, sea esta un vecindario, una ciudad o un vasto territorio.

Está usted muy teórico esta noche, Aramburu. ¿Será por efecto del vino de Chile? Pero, en fin, continúe; estoy dispuesto a escucharlo hasta el alba. Enseguida acabo, le dije, pero permítame que llegue al desenlace de mi reflexión. Considero que la trama, la fluencia episódica, es un elemento adjetival a la hora de definir el género novelesco. La trama, qué duda cabe, aporta criterios que permiten establecer clasificaciones. Los estudiosos de la literatura han acostumbrado nuestros oídos a ciertos epítetos. Nos hablan de novelas históricas, policiacas, picarescas, rosas, de caballerías, de aventuras, de tesis y de lo que usted quiera. No creo que se desatase una hecatombe por agregar al extremo de tan prolijo registro las novelas que renuncian a contar una his-

toria, o las novelas que comienzan con la letra efe, o las novelas en cuyo capítulo quinto se describe la demolición de un puente al atardecer. En cambio, no logro concebir una novela que prescinda de personajes.

Ellos son, singularizado cada cual con su ramillete de atributos personales y con su peculiar estilo de expresarse, la fuente original, el elemento básico y generador de las narraciones. Ya de niño, en misa, constataba que ciertas personas presentes en la iglesia poseían rasgos diferenciadores que las hacían más adecuadas que otras para habitar una historia imaginaria, e incluso que aquellos mismos rasgos prefijaban el tipo de historia que yo componía a continuación para ellas en la mente. El escritor se enfrenta a una tarea similar, aunque el camino que ha de recorrer es más largo y más arduo, ya que no le son dadas con antelación las señas intransferibles de las que en última instancia dependerá la calidad humana de sus figuras. Él mismo ha de crearlas con el único recurso de que dispone: la lengua escrita. Y ha de cumplir la tarea de modo que sus lectores, saltándose todas las evidencias, no perciban la distancia que separa a un ser real como ellos de otro hecho de palabras.

Léon Bloy afirma en alguna página leída por Borges, de quien tomo la cita: No hay en la tierra un ser humano capaz de declarar quién es. Nadie sabe qué ha venido a hacer a este mundo, a qué corresponden sus actos, sus sentimientos, sus ideas, ni cuál es su nombre verdadero. *A mí se me ocurre que las novelas nacieron, nacen y seguirán naciendo para ayudarnos a refrenar semejantes incertidumbres.*

Todo esto le dije al Viejo aquella noche a propósito de unas preguntas que me había formulado después de leerle el artículo que sigue:

No es insólito que, todavía, quienes se supone que abordan con conocimiento de causa los asuntos literarios manifiesten en público que la novela es por naturaleza un género híbrido, capaz de admitir tramos de texto cuya función primordial consiste en cualquier cosa menos en relatar una historia.

Partiendo de dicha convicción, parece coherente postular que la novela no acepta más límites que los impuestos por la voluntad de quien la compone. De ahí a aseverar que una novela, aunque sólo contuviese una lista de recetas de cocina, es lo que su autor declara como tal hay poco trecho. Por la misma vía, es imaginable una narración con el siguiente arranque: «El profesor dijo:», seguido, como parlamento del mencionado profesor, de la *Fenomenología del espíritu* de Hegel al completo. Puesto que a fin de cuentas corresponde al lector activar en su entendimiento los signos que el autor le procura, sería sensato tomar asimismo en consideración su perspectiva a la hora de establecer un diagnóstico de la novela tal como hoy la concebimos.

Bien mirado, hay poca base teórica que confirme aquella suposición según la cual la novela es un saco donde cabe de todo. También es verdad que una obra literaria que no pretende sino la aplicación estricta de unos dictámenes previos, prefijados por los estudiosos, nacerá con pocas posibilidades de emitir significados dignos de atención, no digamos ya de suscitar emociones. Algo hay que romper, algo hay que alterar en el empleo e invención de los recursos para que el resultado último rebase la mera obediencia a las convenciones. Y, sin embargo, dicha ruptura o innovación, de la cual depende en no pequeña medida la densidad artística de la obra, al no poder consumarse sino a expensas de aquella situación previa alterada o rota, obliga a tener en cuenta a esta si deseamos poner al día una posible definición del género. Hay muchas variedades de paella, pero a ninguna le falta el arroz. La novela tiene asimismo desde sus inicios unas constantes y, por tanto, un núcleo invariable en torno al cual el novelista puede emplazar con mayor o menor talento los contenidos y las osadías formales que juzgue oportunos.

Quienes frecuentan la literatura saben que en el curso de los siglos pasados, y especialmente durante el apogeo del género novelesco, entre mediados del siglo XIX y mediados del XX, año arriba o abajo, el arte de narrar historias largas ha experimentado cambios tan sorprendentes como audaces. El resultado ha sido una ristra de obras maestras que no tenemos por qué considerar acabada. Tal vez parezca a primera vista que *Los hermanos Karamázov* y *Ulises*, *Tirano Banderas* y *El sonido y la furia*, por resaltar unos títulos notables, guardan pocas semejanzas entre sí. Las diferentes maneras de relatar que esas y otras numerosas novelas comportan, el manejo diverso en ellas de componentes de primer orden como el foco narrador, el tratamiento del tiempo, los niveles de realidad, etcétera, podrían inducirnos a pensar que los límites de la novela han sido reventados para siempre; que una tentativa de definición del género está condenada de antemano al fracaso; o que, abierto el saco, todo vale para llenarlo.

Sin negar la evidencia de que los límites de la novela han sido ensanchados, el elemento indispensable para que una novela sea percibida como tal continúa intacto. ¿Qué condimentos, tropezones, verduras y lo que se desee no admite una paella? Lo único que no admite es que los ingredientes no estén acompañados de arroz. El arroz de la novela son, por así decir, las figuras de ficción.

La historia del género prueba que no sólo lo que habitualmente se entiende por acciones humanas constituye la materia de la narración. También los pensamientos, las visiones, el diálogo, los incidentes del intelecto, pueden constituir un suceso narrativo; pero para que tal cosa ocurra es imprescindible que el referido suceso sea interpretado, esto es, que ponga en movimiento físico o mental a unos trasuntos humanos. Que estos trasuntos sean animales, monstruos e incluso objetos dotados de conciencia y habla, en lugar de personas, no afecta al principio básico de que una narración sólo es posible cuando convoca personajes activos. Por supuesto que estos no actúan fuera del espacio y el tiempo, como tampoco el arroz blanco es suficiente para merecer el nombre de paella.

Desde dicho principio no parece tanto que la novela se colme de los procedimientos y contenidos que le proporcionan otros campos de la actividad intelectual humana como que ella, al mando de sus figuras de ficción, entre a saco en aquellos para lograr sus fines de costumbre, mientras que lo contrario, simplemente, no se da. Si el historiador o el científico acuden a la ficción durante el desarrollo de su trabajo, aquel matará la verdad histórica y este la verdad científica. En cambio, el novelista, para dar forma con palabras a un simulacro de realidad y, por tanto, sin dejar de hacer novela, puede y debe valerse de la historia, la ciencia y de cuantos materiales le sean útiles para representar la presencia humana en el mundo.

Los datos del historiador nos aportan descripciones razonadas de hechos y épocas. Su tarea radica en reunir y ordenar dichos datos susceptibles de comprobación y, de paso, interpretarlos. Su narración apenas dispone de espacio para sucesos que carezcan de una proyección colectiva. Le interesan, sí, algunos individuos (reyes, conquistadores, generales) en la medida en que dejaron huella en la historia de las naciones. Para el soldado humilde de Waterloo, con barba de tres días y ampollas en los pies, no hay sitio en su empeño.

Sin embargo, para el novelista los pormenores relativos a los individuos concretos son de importancia capital. Toda novela se nutre de la narración de aquellas existencias privadas de las que habló en su día Honoré de Balzac. La novela no entiende de privilegios de clase. En ella, al emperador no le corresponde ocupar mayor número de páginas porque sea emperador. Tal privilegio, si es que así puede llamársele, pertenece a los protagonistas, sea cual sea su procedencia social.

Si deseamos adquirir conocimientos sobre lo que ocurrió realmente el 18 de junio de 1815 en Waterloo, el historiador experto en la materia nos echará sin duda una mano. Con su ayuda accederemos a un relato informativo acerca del número de tropas de los bandos implicados, las diferentes estrategias, el armamento empleado, las características orográficas del terreno, etcétera. Recibir una impresión singularizada de lo que supuso haber estado allí en persona; figurarnos desde una perspectiva subjetiva el estruendo de los cañones, el peso del fusil, el olor de la pólvora, el vuelo de los pájaros sobre el campo sembrado de cadáveres; todo ese conjunto de percepciones suscitadas por una realidad que cada combatiente vivió a su manera, y que al lector actual le llega vicariamente, a través de las experiencias de un grupo selecto de personajes, sólo lo puede proporcionar la ficción novelesca.

Lo cual no significa que la novela haya de supeditarse por fuerza a la historia ni a la realidad común, en la que habitan también los lectores, sino que puede, si así lo determina quien la escribe, inventar sus propios mundos y su propia lógica interna. A lo que no puede renunciar la novela es a los personajes actuantes, del mismo modo que la paella no puede renunciar al arroz sin dejar de ser paella.

Brindamos (Valpolicella Classico Superiore Ripasso del 95) y, con el sabor (soberbio) del primer trago en la boca, le dije que hasta cumplidos los cincuenta años, y al precio de una vida de recogimiento y austeridad, no pude cumplir el deseo de aquel adolescente cada vez más remoto, depositario de mi nombre, que soñaba con dedicarse algún día por entero a la escritura.

Yo no concibo mayor fortuna que la derivada del ejercicio profesional de una vocación. Lo que algunos en mi país menosprecian, por considerar que los emolumentos ensucian el arte, para mí ha supuesto un objetivo vital. Quizá no lo pueda sostener hasta el final de mis días por razones económicas, nunca por falta de convencimiento.

Largos años y una desmesurada provisión de constancia (acaso sería más preciso decir de terquedad) me ha costado satisfacer el ingenuo deseo de aquel chaval que en la década de los setenta del siglo pasado empezó a leer y algún tiempo después a escribir. A veces me imagino que estamos uno delante del otro, como estoy yo ahora delante del Viejo, y nos miramos sonrientes. Dudo que tenga queja de mí. No sólo le he cumplido el sueño de hacerse escritor; también aquel otro de no trabajar, como nuestro padre, de obrero raso en una fábrica.

Hasta el verano de 2009, cuando puse fin a veinticuatro años de dedicación a la docencia, hube de compaginar mis afanes literarios con obligaciones inexcusables que me reclamaban a diario el correspondiente tributo en forma de tiempo y energía mental. Cuando mis hijas eran pequeñas, muchas veces me levantaba a las cuatro de la mañana y en la sala, a la luz de un flexo, sin desprenderme de la ropa de dormir, garabateaba soñoliento unas líneas que me justificaban el día aún no amanecido.

Si miro dentro de la memoria, me veo sacando a pasear a mi hija Isabel, de pocos meses, por el campo, a las afueras de Lippstadt, y empujando el cochecito con el vientre para tener las manos libres. Con una mantenía abierto el cuaderno; con la otra retocaba un aforismo, escribía algunas líneas de mi novela o corregía una página escrita anteriormente.

Antes de empezar las clases, a primera hora de la tarde, me metía en una cafetería, ya en Lippstadt, ya en Geseke, según dónde me tocase trabajar. En ambos sitios me servían el café sin necesidad de solicitarlo. Sentado a la mesa, en un rincón, escribía durante media hora, tres cuartos; en fin, durante las porciones de tiempo que me era dado arrebatarles a las tareas cotidianas. A menudo se me caían los párpados de puro cansancio y pedía más café y seguía escribiendo a bolígrafo, una hoja, otra, otra. Así a lo largo de ocho años, si bien a medida que mis hijas iban creciendo se incrementaba mi tiempo de dedicación a la escritura, hasta culminar un grueso libro que titulé Fuegos con limón. El punto final lo puso la mano infantil de mi hija Cecilia.

Casualidades de la vida, le dije al Viejo. Años más tarde supe de boca de Ramiro Pinilla que él tenía ritualizado el hábito de delegar en su hija la colocación del último signo de puntuación de sus libros. Averigüé asimismo que mis ocho años de trabajo perseverante no llegaban a la mitad de los que él invirtió en escribir, también a mano, su monumental novela Verdes valles, colinas rojas, una obra que yo creo llamada a perdurar. Con el fin de expresar mi veneración por Ramiro Pinilla y su literatura publiqué hace ya bastante tiempo un artículo que dice así:

¿Qué artista, qué hombre de proyectos, qué persona atada a sus ocupaciones, no ha pasado alguna vez por una fase de agravio fructífero, de rabia sorda que estimula el esfuerzo tenaz? La historia del género humano abunda en logros debidos a manos ofendidas. Que se lo pregunten, si no, a los escritores. A estos, antiguamente, para arrancarse alguna mala espina les quedaba el recurso del duelo. Por un pique mataban, se hacían matar o regresaban a casa lisiados.

Por fortuna, persisten medios constructivos de procurarse alguna suerte de reparación moral. No todo ha de ser por fuerza suicidio, venganza o tráfico de influencias. En el caso de los escritores, podría decirse que aquellos medios consisten básicamente en encerrarse a componer con encono fecundo, con paciencia sostenida, una obra de envergadura y complejidad inusuales. Lo cual no significa que para hacer algo de mérito en esta vida tenga uno que entregarse al enfado permanente.

Por espacio de casi veinte años, Ramiro Pinilla se consagró a una de las mayores empresas narrativas de la literatura española. Convertida en libro (en tres libros, por decisión juiciosa del editor), la conocemos con el título sugerente de *Verdes valles, colinas rojas*. Precedió al empeño prolongado del escritor una ruptura de este con las casas editoras que él suele tachar de comerciales en sus declaraciones públicas. Espoleado por sucesivos desengaños, el novelista optó por la dignidad al precio de hundirse durante largo tiempo en el olvido. Ya se sabe: si no estás, no eres. Del firme propósito de no dejarse humillar resultarán con los años obra de tres mil cuartillas escritas a mano. Mueve esa mano la convicción plena en la validez del proyecto emprendido. Es, antes que nada, la mano de un hombre libre: libre de plazos, de distracciones mundanas, de todo lo que no sea trabajar en su retiro. No es este un caso frecuente en el paisaje cultural que nos rodea.

El propio Pinilla nos contó en cierta ocasión las decepciones que principalmente determinaron, primero su propósito de embarcarse en una tentativa editorial al margen de los circuitos comerciales, después su reclusión en una dilatada y fértil soledad creativa. Un buen día, allá por los años sesenta del siglo pasado, unas personas llamaron a la puerta de su caserío, en Getxo. Abrió el dueño y se encontró con un equipo de filmación venido desde Alemania para rodar una adaptación cinematográfica de su novela *Las ciegas hormigas,* galardonada en 1960 con el Premio Nadal. Aquella gente, imbuida de las mejores intenciones, ya tenía confeccionado un barco de pega destinado a formar parte del decorado. La sorpresa se completó con la revelación de que el editor español había vendido a espaldas de Pinilla los derechos de publicación de su novela en Alemania.

Más conocida (ya que él mismo ha referido el caso en la prensa) es la mala pasada de que fue objeto con ocasión del Premio Planeta en su edición de 1971. Días antes del fallo, una llamada telefónica asegura al escritor la obtención del susodicho premio. Felicidades. Se le invita a acudir sin falta a Barcelona, al sarao anual que todavía se celebra. Pinilla se desplaza en compañía de una hija. Llega el momento de las fingidas deliberaciones y el primer premio, zas, se lo dan a otro cuyo renombre garantiza ventas mayores. Durante seis meses, la editorial Planeta demorará la publicación de *Seno,* novela más tarde repudiada por Pinilla. La publicación retardada reduce el riesgo de que los críticos comparen un libro de valor literario con la plasta ganadora. Aquella noche, el dueño de la editorial (que en paz descanse) se acerca al novelista chasqueado y le tiende un billete consolador de cinco mil pesetas de las de entonces. ¿Generosidad? ¿Petición indirecta de disculpas? ¡Naranjas de la China! Las cinco mil cucas le serán más tarde descontadas al escritor de la retribución correspondiente a su premio como finalista.

Faenas y adversidades, unidas al desinterés mostrado hacia sus escritos por buena parte de los divulgadores de la literatura española de la época (recordemos: si no estás, no eres), habrían tal vez desanimado a otros, no así a Ramiro Pinilla, hombre inmune a la resignación tras una larga militancia antifranquista. Este ingrediente de lucha en el que está implicado el elemento social ayuda a entender las motivaciones esenciales de la literatura de Pinilla, así como la naturaleza de su prosa austera, corta de estilo, que en *Verdes valles, colinas rojas* el autor hace pasar por el tamiz de la ironía, incluso de la retranca habitual en los usos humorísticos de su tierra.

La concepción del destino humano como perseverancia en unos objetivos, en unas sólidas convicciones, sitúa a Ramiro Pinilla en un plano de igualdad con los personajes obstinados que pueblan la mayoría de sus novelas.

En ellas asistimos a peripecias protagonizadas por cabezotas, por abnegados, por monomaniacos que conforman un género particular, una especialidad narrativa de la casa, como los desapegados de Coetzee o los cándidos de Luis Landero.

En el Getxo novelado por Pinilla, las apuestas, los agravios, las disputas, se transmiten de padres a hijos; quien ama lo hace con una persistencia de maleficio; quien aspira a un fin no deja de perseguirlo por muchos obstáculos que se interpongan en su camino. ¿Quién sino una *ciega hormiga* podía levantar una torre literaria de las proporciones de *Verdes valles, colinas rojas*?

Y el caso es que la novela entera se deja leer estupendamente como una broma literaria, como una vasta suma de parodias provistas de una admirable capacidad para producir, deshacer, trastrocar símbolos colectivos. A veces hay que apretar un poco el texto con la yema del dedo para sentir la púa escondida. De ahí que el libro ofrezca doble o triple ración de sonrisas a los lectores familiarizados con los mitos, creencias y costumbres de la sociedad vasca, no sólo de la rural-nacionalista, aunque sobre todo de esta.

25
Los funerales periódicos de la novela

Parecía una reacción automática. En cuanto tomaba el primer trago de vino me soltaba una ironía, sin ánimo de ofender, pero con punta. Pues no, le dije, no soy un campeón de la soledad como usted insinúa. Sonreía con un costado de los labios el puñetero Viejo. Ni lo soy ahora ni lo fui durante los ocho años que tardé en escribir mi primera novela. Por algo está dedicada a Juan Manuel Díaz de Guereñu, amigo entrañable, además de catedrático. El cual me asistió desde la distancia a lo largo de todo el proceso creativo. Yo le enviaba por correo ordinario cada capítulo recién terminado, él me respondía señalándome fallos y erratas, planteándome objeciones, haciéndome toda suerte de sugerencias enderezadas a mejorar el texto.

Así como la crítica adversa, ejercida en público, equivale a la sentencia de un juez, en privado es un gesto de noble amistad. Con el tiempo me cupo la fortuna de disponer asimismo del criterio de Zoki (Francisco Javier Irazoki), de tal modo que en ningún lado se publica una línea mía sin el visto bueno de estos dos amigos. Amigos cuya severidad crítica me ha librado y me sigue librando de errores innumerables. Los tres sabemos que el elogio conforta, pero no ayuda.

Se me figura que la pérdida de la receptividad perjudica gravemente la evolución del escritor. Se causa un daño irreparable a sí mismo quien piensa que ya no le queda nada por aprender. Le aseguro, proseguí, que no tengo el menor problema en admirar las obras valiosas de mis contemporáneos y en sacar provecho de ellas, y que practico el hábito saludable de visitar asiduamente la literatura de autores de menor edad que la mía.

Es ley de vida que uno, siendo joven, se forme con los libros de escritores que lo precedieron. Otra opción es imposible. Yo al menos no me imagino a nadie leyendo a los veinte años a filósofos y literatos de diez. Pero, traspasado cierto límite de edad, esta circunstancia puede derivar en inercia. Les ocurre a muchos. Un día, de pronto, vuelven la mirada y comprueban que a sus espaldas se ha formado una generación nueva que viene pidiendo paso, que reclama su sitio en el pedestal. Presenciamos con frecuencia el espectáculo penoso del escritor veterano que lanza vituperios a voleo contra los jóvenes sin haberlos leído. Los trata de triviales, de mediocres, de poco y mal formados, y vierte sobre ellos la sombra de los genios del pasado para certificar su reducida estatura. Esto es mezquino y yo no quiero ser así.

Tocante a la literatura, nada me complace tanto como compartir entusiasmo. Y puesto que no abrigo la pretensión de pronunciar la última palabra sobre nada ni sobre nadie, prefiero dejar las letras entornadas, de forma que quienes, por circunstancias de la edad, vengan más tarde (si es que alguno viene) no se encuentren con la puerta cerrada. Josep Pla afirmó que «la condición para ser feliz en este mundo es no ser envidioso». Suscribo dicho parecer. A mí me alegra que los escritores de mi idioma y de mi tiempo alcancen la excelencia. Y, desde luego, no aspiro a ser más alto que nadie por la vía expeditiva de segarle las piernas.

Hace unos cuantos años, le dije al Viejo, manifesté en un artículo de prensa mi oposición a la tendencia pertinaz de algunos a dar por muertas las novelas, sugiriendo de paso que *las que ellos escribieron fueron las últimas dignas de ser tomadas en cuenta. Me costó largo rato encontrar el artículo en casa, pero al fin di con él y otro día lo llevé conmigo para leérselo al Viejo.*

No falla. Cada cierto tiempo se levanta en la prensa española una voz que certifica la muerte de la novela. Así de simple. La novela está en decadencia, los narradores actuales son unos cenutrios y por tanto es mejor que la gente vaya al cine. Galanuras por el estilo las suelta hoy un periodista a quien suponemos, pobrecillo, que le ha tocado soportar una racha de lecturas tediosas. Las repiten mañana a su manera un versificador o un ensayista que tiran hacia lo suyo, y puede que hasta un novelista, el cual, barruntando la tumba cercana, anda a vueltas con el incómodo pensamiento de que la fiesta perdurará sin él.

Ni unos ni otros dan muestras de entristecerse como consecuencia de la grave merma del patrimonio cultural que nos auguran. Lo suyo consiste más bien en un puñetazo al tablero de la mesa. ¡Basta de mediocridad, merecemos algo mejor! Tal mensaje parece deducirse de sus vaticinios agoreros. Bien mirado, ¿qué daño causan haciendo uso del derecho a llamar la atención? Porque a fin de cuentas se trata de eso, de generar polémica e inocular el nombre propio en el mayor número posible de cerebros ajenos.

¿Quién ignora que el género novelesco es tan antiguo como sus impugnadores? Con intervalos espaciados, en España (porque se me hace a mí que la impugnación de la novela constituye un hábito de la tradición cultural española), a un artillero intelectual le entran ganas de jugar al Cura y el Barbero. Movido del propósito de hacer limpieza, explaya una mirada de inspector por sobre las novedades narrativas de su época, dispara media docena de asertos tajantes y se da el gusto de arrojar a carga cerrada toda la producción literaria del momento por la ventana. A lo mejor lo anima el prurito de despejar el panorama con la esperancilla de quedarse solo en el escenario. Cervantes, muy cuco, cuando se metió a saquear la biblioteca de Alonso Quijano salvó del fuego a su *Galatea*.

A este Cervantes, que pasa por ser novelista de novelistas, se me figura atribuible la paternidad del desafuero. ¿No dicen que escribió el *Quijote* para acabar con las novelas de caballerías? Pues como él acabó con ellas, una recua de émulos se ha empeñado después en extender la partida de defunción a la novela burguesa, y a la del realismo social, y a una que vistiendo yo pantalones cortos motejaban de novela de la berza, y en nuestros días a la policiaca y mañana ya veremos. El caso es enterrar lo que otro hizo.

Profeta extremoso, Pío Baroja dejó escrito en un ensayo de 1918 que «la novela no desaparecerá jamás». La cita viene guarnecida de razonamientos no carentes de lucidez. Baroja se aplica a llevar a la práctica su convicción y redacta sentado a una mesa camilla, con su batín, su boina y sus pantuflas de cuadros, un promedio de dos novelas anuales. Pero hete aquí que transcurren las décadas y Baroja, muy cerca de la muerte, da en proclamar también por escrito que «la novela es un género que se acaba». Quien se acababa era, por supuesto, él. Y lo que son las cosas, Baroja propagó su quejumbre por las mismas fechas en que Juan Goytisolo hacía pinitos como novelista, sin pensar, nos imaginamos, en que andando los años lo alcanzaría a él asimismo la vejez y con ella la fea costumbre de despreciar el esfuerzo de las jóvenes generaciones. ¿Será una actividad recreativa propia de la tercera edad aborrecer de la novela?

En cualquier parte del planeta donde no falta trajín editorial la novela es sin disputa el género literario más y mejor difundido, y el que goza por lo regular de las preferencias del público lector. El dato es apenas de índole cuantitativa. A la vista está que no concierne al arte; pero me parece provechoso servirme de él para centrar el tema. La gente tiene hambre de historias. En España, en Japón y en todos lados. Da igual que se las sirvan en la pantalla de un cine, en la de un televisor, en la radio, en un libro, en un periódico o a viva voz en la tienda de la esquina. La gente, hoy como ayer, necesita historias a toda costa. Historias orales o escritas, verdaderas o inventadas, eróticas o de terror, rosas o negras. Historias, se sobrentiende, interesantes. El muerto, pues, vive y seguirá exhibiendo su vitalidad y su lozanía mientras persista una muchedumbre ávida de narraciones. La extinción de la novela, si tal cosa ha de preceder a la extinción de la humanidad, sólo podrán determinarla sus destinatarios, en modo alguno el columnista pulguillas persuadido de convivir con una quinta de literatos flojos. La novela perecerá cuando se quede hablando sola en el desierto o, en todo caso, el día improbable en que los seres humanos dejen de expresarse.

Como todo fruto de la imaginación que progresa, si hace falta, a expensas de las reglas que tratan de imponerle, el género novelesco no sólo ha sabido adaptarse a las sucesivas transformaciones históricas, sino que desde sus orígenes se ha valido de ellas para evolucionar y reavivarse. La novela hoza con la misma delectación en el destino individual de las personas que en los avatares colectivos. Su buche no le hace ascos a nada de cuanto ocurre dentro o fuera de la conciencia del ser humano. Admite Auschwitz como admite las magdalenas de Proust, la derrota de los ejércitos napoleónicos como el País de Nunca Jamás, la disputa filosófica como el monólogo interior, al héroe como al fantoche, a Kafka como a Gabriel Miró. Lo único, tal vez, a lo que la novela se resiste igual que pez resbaladizo es a que la sujeten con definiciones de hierro. No abrigo duda de que si quienes le cavan de vez en cuando una fosa se tomaran la molestia de no confundir las ideas particulares sobre la novela con la propensión natural de la especie humana a contar y a que le cuenten por extenso, no andarían a estas horas doblando a muerto por un vivo.

¿Que un buen día dejan de fabricarse libros de papel? Yo ya oigo a los bosques suspirar aliviados. La novela continuará ofreciéndose como si tal cosa a los ojos del ocioso que la quiera disfrutar o sufrir, sea en formato electrónico o dentro de cualquier otro artilugio que esté por inventarse. No descarto que los avances tecnológicos inducirán a la creación de nuevas modalidades y estilos narrativos. No sólo no lo descarto; lo doy por seguro. Por ahí andan unas llamadas novelas interactivas que, según me han dicho, permiten al lector meter baza en la obra añadiéndole capítulos, modificando desenlaces, quién sabe si hasta corrigiendo los yerros del artista. Cambiarán los hábitos de lectura, desaparecerá quizá la figura del autor único, dispondremos de textos con imágenes móviles (una especie de librocine que se me acaba de ocurrir), pase lo que pase la novela se las apañará para seguir representando de cualquier forma literaria las acciones, los pensamientos, los diálogos de unos seres ficticios llamados personajes. Mucho peor sería para ella que no cambiase nada.

No hay más que fijarse en la rapidez con que ha asumido la globalización cultural que se avecina o que ya ha llegado. Se traducen, se piratean, se graban, se filman novelas sin parar. El mismo título que triunfa en Londres hace sonar las cajas registradoras en las librerías de Zaragoza. Casos se han dado en que la publicación de una versión traducida ha precedido a la del original. Es común que se saque a los escritores de casa para que sonrían y firmen ejemplares. Algunos obtienen el estrellato. Cunde el ejemplo y al día siguiente cualquier pelanas se lanza a pegotear sujetos y predicados, de modo que si no le llegan el tiempo o el talento alquila a un negro o plagia. La novela es fuente de noticias, de discusiones, de escándalos, de pleitos, de *fatwas*, y eso que está muerta, según dicen. Mueve, además, en el mundo cantidades ingentes de dinero. Y el dinero, como se sabe, estimula los proyectos, la inventiva, la corruptela, los concursos amañados y lo que venga, salvo quizá la belleza artística y la calidad moral, por más que sobre estas cuestiones el género novelesco tampoco acostumbra guardar la boca. Hace poco escribió uno en el periódico que la novela con pretensiones literarias es un género inactual, una réplica menguada del arte narrativo del siglo XIX. No creo que un ciego de nacimiento cometiera mayores desatinos si se aventurase a describir por el tacto un cuadro de Van Gogh.

¿Inactual la novela? Sí, sí. Ahora le ha llegado el turno de aliarse con la publicidad. Ya me parecía a mí que tarde o temprano los lobos de la mercadotecnia acabarían descubriendo las posibilidades publicitarias que comporta el género. Me temo lo peor. Está uno, pongo por caso, en la placidez de la hora vespertina repantigado en su poltrona, embebido en un tramo de prosa espléndida o en los renglones de un pasaje fascinante, vuelve la hoja y, zas, se topa con un anuncio de refrescos insertado entre dos párrafos. O si el libro no es para niños (porque, en fin, un poco de ética ha de haber, ¿no?), pues con un anuncio de puros habanos, por ejemplo, o de condones. De ahí a la propaganda electoral, a los contactos eróticos o a las ofertas del hipermercado a pie de página no hay ni medio paso. Todo ello, por supuesto, sin olvidar la cubierta o el lomo del libro, sitios pintiparados para que campeen en ellos los logotipos de las empresas anunciadoras. De esta forma se incentiva la demanda, el novelista se forra y al lector, total, qué más le da. ¿Acaso no aguanta callado similar incordio consumista cuando mira la televisión o está en el cine?

Cuesta admitir que los enterradores de la novela tampoco hayan caído en la cuenta del arreón creativo que afortunadamente ha supuesto para el género novelesco (a partir, sobre poco más o menos, de la mitad del siglo XX) la proliferación de escritoras dentro y fuera de España. Escritoras ha habido desde antiguo, y muy buenas por cierto, apartadas a su pesar de los centros de decisión editorial, de los recintos académicos, de las cátedras, cuando no forzadas a esconderse tras la celosía de un seudónimo masculino. La novela actual se nutre en no pequeña medida de la imaginación, la sensibilidad y el saber de numerosas mujeres con talento. Seamos sinceros. ¿Cabe mayor falta de delicadeza que interponerse en su camino y espetarles por las buenas que su esfuerzo es inútil, que han llegado tarde, que pierden el tiempo al consagrarse a una actividad decadente, trasnochada e incluso muerta?

A mi juicio, una desconsideración análoga inspira la contraposición de los clásicos y los modernos con miras a demostrar la irrelevancia artística de estos últimos. No veo qué nos enseña acerca de quien acaba de iniciar la escalada al monte el que lo comparen con quien ya ganó la cima. ¿Acaso se puede llegar a toro sin haber sido antes becerro? Por lo visto ya no se recuerdan las reseñas demoledoras que en su tiempo recibieron algunas obras de Dostoievski. ¿Quedaron también en el olvido las líneas cuajadas de amargura en las que otro grande del género, Thomas Hardy, abrumado por los ataques que hubo de padecer a raíz de la publicación de *Jude el oscuro,* su obra maestra, manifestó que nunca volvería a escribir una novela? No está de más mostrarse cautelosos a la hora de juzgar las obras literarias de nuestros contemporáneos, de las cuales, por mucho que fatiguemos las pupilas, apenas nos será dado conocer una parte reducida, puede que ni siquiera la más digna de perdurar. Basta que de cuando en cuando surja en cualquier isla o continente, en el idioma que sea, un prodigio de creación literaria para que se vengan al suelo las predicciones funestas de los funerarios de la novela.

26
Revelaciones íntimas

*El jueves de las dos botellas de Cariñena no tuve inconve-
niente en darle la razón al Viejo cuando dijo que leer novelas y
cuentos en abundancia no lleva por fuerza a la maestría en el
arte de narrar con gracia, y que de los buenos narradores, ya
hablen, ya escriban, podría afirmarse que tienen de nacimiento y
los llevan por vida pegados a la personalidad el instinto, la pericia, el poder de fascinar.*

*Así charlando, me acordé de dos chavales de los que fui, en
cursos diferentes, compañero en el colegio de frailes agustinos de
Santa Rita, en San Sebastián. Estos dos chavales destacaban
por su capacidad de seducir a los demás relatando sus experiencias, de aficionado a las películas el uno, de lector de libros de
guerra el otro. Yo los escuchaba embelesado. Le pregunté al Viejo si deseaba conocer la historia un poco más por extenso. Me
respondió que sí.*

*Pues el primero de ellos, le dije, se apellidaba Parriego y por
los días de mi evocación no tendríamos ni él ni yo más de diez u
once años. A veces, durante el recreo matinal, Parriego se arrancaba a contar en un rincón del patio el argumento de películas
que había visto recientemente. A su alrededor nos arracimába-
mos unos cuantos, componiendo una escena que ahora se me figura similar a la de los contadores de historias en los zocos árabes.*

*Su habilidad para adueñarse de nuestra atención llegaba al
extremo de hacernos renunciar al partido de fútbol que el resto de*

compañeros disputaba a escasos metros de distancia. Entre las películas que nos resumía predominaban las de terror, misterio, monstruos. Pero no eran sólo los temas lo que nos mantenía atentos a cada una de sus palabras. Había algo más, no sé, una especial destreza para graduar la tensión del relato, elegir pormenores sugerentes y acentuar, ignoro cómo, quizá mediante gestos o cambiando el timbre de voz, el momento del clímax.

Del otro compañero me acuerdo con más detalle y, sin embargo, he olvidado el nombre. ¿Hernández? No estoy seguro. Un día, mucho tiempo después, lo reconocí en el tren de cercanías que los lugareños llamamos el Topo, donde él cumplía funciones de revisor. En el instante de mostrarle el billete, no me animé a dirigirle la palabra. Metido yo en años, calvo y con barba, dudo que me reconociese. El caso es que en los comienzos de la adolescencia, este chaval, con quien durante un curso entero compartí pupitre, profesaba pasión por las novelas bélicas de Sven Hassel, publicadas en la célebre colección Reno, de Plaza y Janés. Vivía en Lasarte. Pudiendo tomar el autobús cerca del colegio, me acompañaba muchas veces hasta la parada de mi barrio, lo que le suponía una caminata adicional de veinte minutos. Por el trayecto me refería episodios, algunos cruentos, de las novelas de Sven Hassel. Su entusiasmo era ostensible y no tardó en contagiármelo. Si alguna vez hiciera yo una lista de las personas a cuyo influjo debo el haberme convertido en lector asiduo, por fuerza debería consignar entre las más destacadas a aquel chaval cuyo nombre no he retenido.

Pasados obra de treinta años, descubrí por casualidad, en una librería de viejo, una de aquellas novelas de Sven Hassel leídas por mí en su día a imitación de mi compañero del colegio. La compré y la releí. Durante largo tiempo estuve buscando los nueve títulos restantes de aquella antigua colección, en librerías, en rastros, finalmente con ayuda de internet, hasta reunirlos to-

*dos. Y no es que les atribuya especial valor literario, pero es in-
negable que aquel adolescente (¿Hernández?), con su verba seductora, me los había vuelto a hacer apetecibles desde el recuerdo.*

*Federico García Lorca atribuía un duende interior al poeta
verdadero. Yo también creo, le dije al Viejo, que más allá del
dominio de la técnica existe un don responsable del encanto particular de algunos narradores. Los hay que asimilaron bibliotecas enteras, que fatigaron sus ojos frecuentando preceptivas, que
viajaron por mares y países, y conocieron el amor, la aventura,
las grandes tragedias de su tiempo, y saben además expresarse
con imaginación y prosa impecable. Y sin embargo, al leer sus
escritos, incluso al admirarlos, notamos que algo falla en ellos,
algo que deberían suscitar no se suscita, aquel temblor interno
que, en cambio, sí sentimos al leer las obras quizá defectuosas en
su hechura de aquel otro no tan inteligente ni tan erudito, pero
dotado de una gracia especial, capaz de imprimir a cuanto escribe una determinada personalidad, un color único que sin él no
se daría en el mundo. No hay por desgracia muchos de estos. Al
Viejo y a mí se nos ocurrieron unos cuantos. Él citó los que con-
sideraba sus predilectos. Yo cité, entre los míos, el nombre de
Mercè Rodoreda.*

231

Ciertas novelas, no muchas por desgracia, envejecen estupendamente. Acaso convendría precisar que no envejecen a la manera de las cosas que empiezan por perder su lozanía y al fin, deterioradas irreparablemente, son incapaces de cumplir función alguna. Lejos de convertirse en antiguallas para el ocio polvoriento del erudito, hay obras perdurables que invitan a ser reinterpretadas más allá de la época en que fueron compuestas. Las sucesivas generaciones de lectores les añaden nuevas capas de significación sin desfigurarlas o restarles complejidad ni frescura.

Son, claro está, clásicas, pero no sólo porque ayudan a comprender mejor este o el otro periodo de la historia humana o porque en un momento determinado el canon vigente las considere paradigma de determinadas virtudes formales, sino porque pura y simplemente continúan despertando emociones en quien las lee. De tal naturaleza es, a mi juicio, *La plaza del Diamante*, de Mercè Rodoreda, cuya primera edición, en lengua catalana, data de 1962.

La novela se centra básicamente en el relato de las pocas alegrías y los innumerables sinsabores y contratiempos de Natalia, una mujer humilde del barrio de Gràcia, en Barcelona. Los episodios, contados por ella misma, se suceden a lo largo de un tramo turbulento de la historia de España, el que va desde la dictadura de Primo de Rivera hasta los años más crudos de la posguerra. Son, en gran medida, revelaciones íntimas, de ahí que la narración sólo haga referencia a acontecimientos históricos cuando estos repercuten directamente en la trama, cuyo componente esencial es la evolución que experimenta la protagonista en el lapso antes mencionado. Y como para enmarcar dicha evolución, desde la chica candorosa que trabaja de dependienta en una pastelería hasta la mujer madura que, tras superar un sinnúmero de vicisitudes, alcanza un grado para ella aceptable de estabilidad económica y social, la historia empieza y acaba en el mismo escenario, la plaza que presta su título al libro.

Lo que singulariza con mayor fuerza a esta novela no son, a mi entender, las peripecias sin duda interesantes, caracterizadas en algunos pasajes por una notable densidad dramática. El relato de vidas humildes y la sencilla estructura narrativa colocan a *La plaza del Diamante* en la línea de una tradición novelística que en España se remonta al siglo XVI. La novela de Mercè Rodoreda no está lejos del relato realista de las fortunas y adversidades de Lázaro de Tormes ni de otros textos tildados imprecisamente de picarescos. Acordarse durante la lectura de *La plaza del Diamante* de las peripecias de Moll Flanders, o de algunas célebres fabulaciones de la desdicha humana debidas a la pluma de Charles Dickens, resulta punto menos que inevitable.

Ya se sabe que, a la hora de conmoverse leyendo o escuchando una historia, no menos crucial que los sucesos narrados es la voz responsable de transmitirlos. De ella dependen en no poca medida la gracia, el encanto, la maestría de lo que se cuenta. ¿Quién no lo ha comprobado en multitud de ocasiones al prestar atención a un chiste? Si nos lo cuenta fulano, tenemos la risa garantizada. Si lo hace mengano, aunque repita las palabras y los gestos de su congénere, nos quedamos fríos. La literatura narrativa no escapa a esta ley tácita. Un tono, un ingenio, un aire especial perceptible en la escritura hace que gustemos de los libros de determinados autores aun cuando en ellos apenas se nos describan unas cuantas bagatelas de la vida cotidiana.

La plaza del Diamante fue escrita por su autora de tal manera que el texto destila en grado óptimo un encanto peculiar. A la vista de la obra terminada esto se dice rápido; pero el logro de semejante acierto por medio del ejercicio de la expresión literaria no es cosa al alcance de cualquiera. Y es que no se trata simplemente (lo que no sería poco) de disponer sobre doscientas y pico páginas una rica panoplia de habilidades técnicas; antes bien, de comunicar a cada una de ellas, sin más ayuda que los pertrechos del idioma, los dones, la temperatura, el atractivo de una determinada personalidad, empresa de todo punto irrealizable si el encargado de llevarla a cabo no atesora dentro de sí la provisión correspondiente.

El resultado es una novela entrañable donde las haya, y no será porque cada dos por tres el lector, de la mano de la narradora, no se adentre en espacios de dolor y miseria. Acciones, diálogos, descripciones, por la ostensible verdad humana que contienen, no han perdido con el transcurso de los años un ápice de su capacidad de conmover. Todo el relato está teñido de la dulzura e ingenuidad de la narradora, desde cuya perspectiva femenina el lector asiste a la narración completa. El texto no suena en ningún momento a escritor de oficio. Suena a voz que expresa con naturalidad, como olvidada de que está dando lugar a una novela, los modos y cadencias propios de la lengua popular barcelonesa de la época; voz que no se limita a transmitir de forma más o menos mecánica los sucesivos episodios, sino que se las apaña para crear con engañosa facilidad la ilusión de sentirlos como cosa vivida por quien los cuenta en una realidad anterior a la literatura.

Se deriva de ello una cercanía emocional entre la narradora y su historia. Como en el caso de los buenos contadores de chistes, Natalia nos subyuga con su ingenio y amenidad a la hora de elegir detalles significativos en la descripción de lugares, objetos o personas, así como con su enternecedora manera de arrancarse a recordar por escrito los asuntos tantas veces infortunados de su vida pasada. Ella misma, mientras narra, se deja arrastrar a veces por el impulso de sus emociones. Refiriéndose, por ejemplo, a sus hijos, dice: «No eran para ganar ningún primer premio, pero eran dos flores. Con unos ojitos... con unos ojitos que miraban y cuando miraban aquellos ojitos...».

La simpatía del lector con el personaje principal brota desde el principio. Habría que tener un corazón de hierro para no compadecerse de una muchacha desamparada, huérfana de madre, cuyo padre, casado en segundas nupcias con una mujer que no quiere saber nada de la niña, se desentendió de ella salvo para sacarle periódicamente un pellizco de su sueldo de dependienta. Una inocencia bondadosa, remisa al patetismo, determina los actos y pensamientos de Natalia. Haciendo cuentas consigo misma, declara: «Lo que a mí me pasaba es que no sabía muy bien para qué estaba en el mundo». Deshacer tamaña incertidumbre, poner orden en la memoria personal y tratar de hallarle un sentido justifica el relato pormenorizado de sus recuerdos.

Natalia llena por así decir la novela. A fin de cuentas, esta consiste en un testimonio confidencial suyo. Ningún episodio transcurre sin su presencia, bien porque ella intervenga en los sucesos narrados, bien porque estos formen parte de sus remembranzas o porque otro personaje se los transmita. Natalia es a un tiempo protagonista, voz y perspectiva del relato.

Su capacidad de sacarles jugo humano a personajes y situaciones es prodigiosa. Trenza con sutileza de matices psicológicos, siempre fiel a su deliciosa manera de expresarse por escrito, diversos hilos argumentales, empezando por el que mayor espacio ocupa en su memoria: su noviazgo y matrimonio con Quimet, un personaje que entra en la novela con timbre de macho mandón, pero que poco a poco se va revelando como depositario de una humanidad compleja, cargada de debilidades y contradicciones.

Se solapa esta historia con la de la lucha penosa y constante por obtener el sustento en una época de estrechez colectiva, lucha que entra en una fase crítica cuando Natalia, viuda y pobre, está en un tris de envenenar a sus hijos porque no puede alimentarlos. El nutrido elenco de personajes se completa con Enriqueta, la amiga de edad avanzada que con su afecto y consejos suple a la madre difunta; los amigos de Quimet, víctimas igual que él de la historia sangrienta de España; los señores de la torre adon-

236

de Natalia va a hacer limpieza y donde será despreciada, precisamente cuando más la apretaba la necesidad, por su condición de esposa de un miliciano; en fin, Antoni, el tendero bonachón que, a cambio de familia y compañía, los sacará a ella y a sus hijos de la miseria. Acaso no sea aventurado predecir que todos ellos perdurarán por largo tiempo en la memoria de cuantos aman la literatura de calidad.

*Entre un sorbo y otro, la conversación derivó hacia persona-
jes célebres de novela, en concreto hacia aquellos tan complejos en
sus palabras y pensamientos, tan imprevisibles y contradictorios
en sus acciones, y, en suma, tan ricos en matices psicológicos, que
cada vez que los alumbra la luz del análisis no hacen sino
agrandarse con nuevas y oscuras dimensiones hasta entonces
desconocidas.*

*Esta vía de coloquio nos condujo al estudiante Raskólnikov,
acerca del cual le leí una semana más tarde al Viejo un artículo.
Tras cambiar impresiones sobre diversos pasajes de* Crimen y
castigo, *me preguntó de manos a boca si por casualidad se había hallado alguna vez entre mis amigos y parientes un tipo
comparable a Raskólnikov. Di un respingo en el sillón. ¿Quiere
usted saber, le dije, si hubo en mi vida personas resueltas a des-
cuartizar congéneres con un hacha? El Viejo pasó en un instante
de la sonrisa a la carcajada. Luego me pidió disculpas con expresión jovial. Lo que él preguntaba era si yo había tratado en el
pasado con seres humanos difíciles, por no decir imposibles, de
descifrar.*

*No tuve que pararme a reflexionar mucho tiempo, por más
que no veo a parientes ni amigos míos dando el pego de personajes rusos en ninguna de las novelas de Dostoievski. Hubo, sí,
hace años en mi populosa parentela un hombre que parecía ro-
deado de una atmósfera de enigma. Era, lo digo por adelantado,*

un hombre bueno, con unos ribetes de hermetismo debidos a su natural retraimiento. Me refiero a mi tío Basilio Nebreda, casado con una hermana de mi madre.

Durante una temporada, antes de iniciar mis estudios universitarios, conviví con él más estrechamente de lo habitual. Algún que otro sábado pasábamos los dos unas cuantas horas a solas en la cocina de su casa. Dudo, sin embargo, que en tales ocasiones me fuera dado averiguar qué clase de pensamientos y sensaciones se ocultaba tras la frente de aquel hombre cordial, parco en palabras.

Mi tío Basilio era burgalés, flaco y cetrino. No empleo el adjetivo cetrino con voluntad de ponerle un arabesco verbal a la descripción. Era moreno aceitunado, o sea, cetrino, para qué darle más vueltas. El color de la tez acentuaba el brillo de un diente que tenía engastado en oro. De joven, fue novicio. Yo lo vi, apenas reconocible, en una foto antigua con hábito de agustino. Después dio en guardia civil de oficina y, para completar el salario modesto, desempeñaba oficios adicionales. Propendía al silencio. Jamás lo oí proferir un grito, tampoco una palabrota. Tenía fama de raro. Era raro.

Recuerdo con simpatía sus aficiones hogareñas. Tenía una colección de discos de zarzuela y le gustaba mucho jugar a las cartas en las celebraciones familiares, no así en las tabernas del barrio, a las que rara vez acudía. Me unían a él otros gustos. El de la lectura, por ejemplo. Mi tío guardaba en una estantería de la sala no muchos libros, pero selectos. Le debo el descubrimiento a edad temprana de Oscar Wilde, de Chaucer, de Rabelais, de otros autores de los que no me consta que me haya quedado huella duradera, aunque esto nunca se sabe.

Pero lo que con más fuerza nos unía era el ajedrez. Fue él quien, siendo yo niño, me enseñó a mover correctamente las figuras. Años después, algunos sábados, yo gustaba de ir a su casa *a echar dos o tres partidas. Me recibía visiblemente complacido, ya que, como no fuera conmigo, su sobrino de quince o dieciséis años, no tenía a nadie con quien jugar.*

Estoy viendo ante mí el tablero y las hermosas figuras. Recuerdo la primera vez que le gané. Ganar a quien años antes me había enseñado las reglas del juego supuso para mí un acontecimiento. A mi llegada, mi tío me servía un whisky y una faria. Después jugábamos dos, tres horas, toda la tarde. Nuestras conversaciones eran escuetas. ¿Quieres blancas o negras? ¿Jugamos la revancha? Ese tipo de frases. Tan sólo en los momentos dedicados al comentario de las partidas recién terminadas, él se abría un poco, sin llegar nunca a extremos de locuacidad. Hablaba con un reposo y un vocabulario extraños al resto de la familia. Yo sospecho que vivía resignado a la infelicidad de no tener a nadie con quien compartir las actividades que realmente lo apasionaban. Creo, no estoy seguro, que era dichoso jugando conmigo. Lo perdí de vista cuando me establecí en Alemania. Un día me llamó mi madre por teléfono para comunicarme la noticia de su muerte.

Todo parece serle adverso a Rodión Románovich Raskólnikov, joven ruso de veinticuatro años, afincado en San Petersburgo, cuando Dostoievski lo presenta en las páginas iniciales de *Crimen y castigo* (1867). Perdida su única fuente de ingresos (unas clases particulares que impartía a un niño de familia acomodada), Raskólnikov ha dejado la universidad por falta de recursos económicos, está enfermo, apenas se alimenta y viste unos harapos dignos de la mayor lástima. De vez en cuando se ve obligado a empeñar sus modestas pertenencias. Otras veces es su hermana quien, a costa de privaciones, lo socorre con su sueldo de institutriz en casa de un hombre avieso que le ha concedido un crédito y espera compensaciones sexuales a cambio.

No es mucho lo que averiguamos de la apariencia física de Raskólnikov en el curso de la novela. Dostoievski describe con cierto detenimiento caras y complexiones de algunos personajes secundarios. Al protagonista, sin embargo, lo despacha con unos cuantos trazos que apenas componen un retrato escueto. Eso sí, el foco narrativo no pierde de vista a Raskólnikov sino en raras ocasiones. Cuando se aparte de su lado será para que otros personajes hablen de él, aporten versiones particulares de su conducta o protagonicen episodios cuya repercusión afectará tarde o temprano al destino del propio Raskólnikov.

Los padecimientos incesantes del protagonista, tanto físicos como psíquicos, sostienen una parte considerable de la trama, si no es que la suscitan directamente en numerosos pasajes. Aún faltan varias décadas para que Sigmund Freud desarrolle su teoría del psicoanálisis. A fin de expresar las dudas, miedos y tensiones que atacan de continuo los nervios del personaje y buscar los motivos desencadenantes de su comportamiento a menudo impulsivo y tantas veces contradictorio y morboso, el narrador de *Crimen y castigo* no dispone de la terminología científica a la que el lector actual, en mayor o menor medida, está habituado. Otro remedio no le queda, pues, al narrador sino expresar los fenómenos asociados a la vida anímica de Raskólnikov mediante la confección de un discurso narrativo pormenorizado, pero a la vez lo suficientemente ambiguo como para que la personalidad del protagonista no quede despojada de misterio. Sabido es que Dostoievski extrae de este recurso un provecho literario de primera magnitud.

Ahora bien, la naturaleza psicológica de un personaje tan complejo como el estudiante Raskólnikov difícilmente podría aclararse desde la reducción de un hombre a una sola personalidad. De hecho, la idea de la personalidad múltiple está explícita en el texto, formulada por Razumijin, el mejor amigo del protagonista, por no decir el único. Razumijin atribuye a este dos caracteres contrapuestos y puede que se quede corto. Según cuál de ellos gobierne a Raskólnikov, este pensará, tomará decisiones y se conducirá de una u otra manera.

Coinciden en una misma persona el hombre magnánimo, capaz de enternecerse con unas criaturas desvalidas y ejercer la compasión hasta límites heroicos, y el hombre áspero que rehúye el trato con los demás, desprecia a quien le brinda afecto y lleva a cabo un doble asesinato con brutalidad propia de seres primitivos. Ni en un caso ni en otro, Raskólnikov parece dueño de sus impulsos. Practica la caridad y al rato se arrepiente. En su primer acercamiento íntimo a Sonia, le besa un pie para humillarse, dice, «ante toda la humanidad doliente», lo que no le impide despreciar a la muchacha cuando ella, en el colmo del sacrificio, lo acompaña y ayuda en su confinamiento siberiano. Con frecuencia sus acciones son tan exageradas, tan contrarias al cálculo y el sosiego, que quienes lo conocen coinciden en achacarlas a la enfermedad, la excitación nerviosa o incluso a la locura. Nada de todo ello impide que, en ocasiones, Raskólnikov razone con notoria perspicacia.

Ninguno de sus actos excede en extremosidad al bárbaro asesinato que le ha garantizado un lugar de honor en la historia de la literatura universal. Claro que su bien ganada gloria literaria no se debe exactamente a los hachazos con que mata a dos mujeres, sino a la ringla subsiguiente de vaivenes psicológicos y conflictos internos de índole moral que no cesarán de atormentar al personaje hasta la conformidad final con el castigo.

El robo es un motivo evidente del crimen, pero no el único ni acaso el principal. En ningún momento parece Raskólnikov tener en cuenta la posibilidad de hurtarle a la usurera dinero y objetos de valor sin matarla. El trato con ella, sus palabras, su mera cercanía le producen a Raskólnikov una viva repugnancia mezclada con un sentimiento agudo de humillación. Tanto el robo como el asesinato implican para su ejecutor un acto de afirmación personal. El primero le permitiría, además de mejorar sustancialmente sus condiciones de vida, reanudar sus estudios de Derecho; mediante el segundo se libraría y libraría a la sociedad de un ser despreciable con quien mantiene un vínculo de sumisión por causa de la pobreza.

Un golpe de azar basta para que se decida a poner por obra su cruento designio. Al enterarse casualmente de que la vieja estará sola en su vivienda, Raskólnikov discurre un plan para matarla. Por muy propenso que sea a las pesadillas, los arrebatos, el delirio, no actúa arrastrado por un trastorno repentino. Pasa, sí, miedo, pero conserva la suficiente lucidez como para registrar la casa después de cometida la bestialidad, lavar el hacha sanguinolenta con agua y jabón antes de irse, y restituirla con la debida cautela al sitio de donde la había cogido. De los dos asesinatos, el de la candorosa Lizaveta es el más fácilmente justificable a ojos de quien espera sustraerse a la pena prevista por la ley. La inesperada aparición de la mujer introduce en escena un testigo de los hechos. Liquidarla forma parte de una estrategia razonable, encaminada a dificultar la investigación policial. El asesinato de la vieja usurera comporta, en cambio, una serie de incógnitas cuya dilucidación constituye el eje central de la novela hasta su desenlace.

Al deshacerse del portamonedas, sin tan siquiera abrirlo para comprobar su contenido, junto con el resto del botín, Raskólnikov transforma el asesinato de la vieja en un acto intelectual; por tanto, en la puesta en práctica de unas razones previas. Razones, por cierto, sobre las que él había teorizado por escrito meses antes en la forma de un artículo de revista.

De acuerdo con su hipótesis, no hay crimen ni, por tanto, culpa para quien no admite una instancia moral, ni humana ni divina, común a todos los hombres; para quien no acepta en consecuencia tribunal alguno y no ha de responder ante nadie de sus actos. La pertenencia a una casta de privilegiados que están por encima de la ley queda reservada a aquellos pocos que supieron sojuzgar a los demás. En otras palabras, para los fuertes, como propugnará Nietzsche algunos años más tarde. Raskólnikov evoca a este respecto la figura colosal de Napoleón, encarnación del hombre superior a quien toma por modelo. En la escala más baja se sitúa su víctima, la vieja usurera tildada por él repetidamente, con intención deshumanizadora, de *piojo*. ¿Cómo va a ser delito, se pregunta, terminar con un bicho asqueroso que engorda a fuerza de chuparles la sangre a los hombres en apuros?

Una ostensible pulsión narcisista determina los pensamientos y acciones de Raskólnikov tras el doble asesinato. Le apasiona hasta la obsesión referirse al asunto en sus conversaciones. Se informa, pregunta e insiste aun a riesgo de infundir sospechas. No tarda en ir a cerciorarse de si aún quedan rastros de sangre en el lugar de los hechos. Revela la verdad a un policía fingiendo transmitirle un relato imaginario. Una especie de anhelo de confesión lo tienta y exalta desde el principio. De sobra sabe que si no confiesa no lo podrán detener ni castigar. El juez de instrucción le describe con pelos y señales cómo cometió el asesinato, pero carece de pruebas. Ninguna de las tres personas que acaban conociendo la verdad por boca del propio Raskólnikov está dispuesta a delatarlo. Por si todo esto fuera poco, otro hombre se atribuye la autoría del asesinato. Y, sin embargo, Raskólnikov desea entregarse a la policía. Lo desea a toda costa, aunque ni siquiera sabe por qué. Incluso parece ignorar de qué podría liberarlo el castigo. No se reprocha otra cosa que haber actuado torpemente y no haber crecido con su acción.

El hecho de que finalmente él mismo sea objeto de amor y compasión le probará sin sombra de duda la medida exacta de su modesto tamaño humano, al tiempo que le permitirá redimirse de sus demonios interiores por la vía de aceptar su condición de hombre entre los hombres. Ocho años de trabajos forzados en Siberia a cambio de paz interior y del amor de una buena mujer es un precio más que aceptable para él.

*De acuerdo con la versión de mi madre, mi tío Basilio
ingresó de joven en el noviciado de los agustinos para evitar
que su padre se lo llevara a trabajar con él de ferroviario. Que
yo sepa, le dije al Viejo, es el único caso de sacerdocio (más
justo sería decir de aproximación al sacerdocio) en nuestra parentela.*

*Hubo, por el contrario, muchas sotanas en mi formación
escolar. Imberbe y aún creyente, leí a los místicos españoles del
Siglo de Oro. Inducido por la doctrina, cometí el error de simpli-
ficarlos al anteponer la verdad a la literatura. En cuarto curso
de Bachillerato Elemental leí y parcialmente memoricé* El Cristo
de Velázquez, *de Unamuno, en cumplimiento de la tarea im-
puesta por el fraile que impartía las clases de Lengua. Tiempo
después, empezaron a sacudirme las dudas existenciales; descubrí
por mi cuenta los libros mayores de Blas de Otero, que me hicieron el efecto de una perturbación; en algún momento de mi adolescencia resolví dejar de aclararme el mundo desde las verdades
de la fe.*

*Para bien o para mal, soy un hijo intelectual de mi tiempo,
pero no su prefijada consecuencia. Mis esfuerzos me costó desactivar dentro de mí los dogmas de la religión. Ya puestos a hacer
limpieza, aproveché para deshacerme de los otros no menos coer-
citivos, de los que sustituyen la palabra de Dios por una teoría
filosófica, el infierno por el gulag, el reclamo de la gloria por el de*

la utopía social en el futuro. Digamos, para resumir, que cumplidos los dieciocho años ya era librepensador.

La religión, continué, me entró en el cuerpo con la leche materna. Apenas aprendí a hablar, ya rezaba. La existencia de Dios no me parecía menos obvia que la del pan o la hierba. Y, por supuesto, Dios, con su habilidad para colonizar cerebros infantiles, interfirió en mi desarrollo cognitivo. Antes de aprender a leer y escribir ya tenía yo explicado el Universo.

De pequeño, al acostarme por las noches, nada más apagar la luz recitaba mis oraciones con un convecimiento que debía de enternecer a las paredes. Se me hace a mí que conservo el rito en la edad adulta, aunque con forma e intención distintas. Ahora, no bien apago la lámpara, repaso listas de vocaculario en inglés, antes en alemán; o cito veinte países, veinte escritores, veinte deportistas, cuyos nombres empiecen por esta o aquella letra; o enumero títulos de novelas de Pérez Galdós, pájaros de la región, ríos de Asia, lo que sea que se deje enumerar. Y así, como otros rezan o cuentan ovejas, yo me entretengo repasando mis listas y después, si nada se tuerce, concilio el sueño.

Hoy admiro el ateísmo tranquilo de mi padre. Mi padre era un ateo que practicaba desinteresadamente la bondad. No hacía, egoísmo supremo, méritos morales para ganar la gloria eterna. Era bondadoso por naturaleza, porque sí, por apego a la vida, por suavidad de carácter. Su ateísmo no le impedía entrar en la iglesia. Sólo lo hacía con ocasión de bodas y funerales. Recuerdo, no sin una punzada de vergüenza, haberle afeado, en un rapto de fanatismo adolescente, que no fuera a misa. Mi madre, a nuestro lado, lo miró con un aire que ahora recelo triunfal, como desafiándolo a responderme. Mi padre guardó silencio. No me cuesta suponer lo que podría haber pensado de mí en *aquellos momentos: que tenía por hijo a un pelma santurrón. Si así pensó, estuvo en lo cierto. ¿Quién era yo para exigirle que se salvase?*

Por suerte, le dije al Viejo, apenas rocé la angustia al estilo de Blas de Otero, cuya poesía conocí por la época en que acepté la constitución exclusivamente material de todo lo existente. Tuve a los quince o dieciséis años mi pequeña lucha interior; en fin, unas ráfagas de miedo ante la nada venidera y, después, alivio. Mi madre, que, contra lo que yo creí en un principio, abrigaba un corazón tolerante, asumió sin melindres mi descreimiento. Supongo que a solas rezaba por mí. Mi padre, como de costumbre, no dijo nada.

Como muchos de nosotros, Blas de Otero (Bilbao, 1916-Madrid, 1979) fue educado en las certidumbres del catolicismo. Dichas certidumbres aportan al adepto respuestas definitivas, de tal manera que a la edad de cinco o seis años un niño aleccionado en las nociones básicas de la religión ya tiene explicado para siempre el sentido de su existir. A ello se añade el aliciente de una vida eterna como recompensa por la aceptación de un modelo determinado de conducta y por el cumplimiento de una serie de preceptos. Toda religión obra un efecto lenitivo en quienes la profesan.

Un poeta que, libre de dudas, exterioriza por escrito su adhesión a Dios, aunque no se lo proponga compone rezos. No de otra índole fueron los primeros ejercicios de versificación de Blas de Otero, descartados más tarde por él del conjunto íntegro de su poesía. Esta comienza por decisión propia con poemas surgidos cuando las certidumbres religiosas de su creador se resquebrajan, con la consiguiente perturbación de la paz interior o paz de espíritu que aquellas le proporcionaban.

De acuerdo con los datos biográficos actualmente disponibles, Blas de Otero pierde la fe en torno a 1945, año en que sufre un fuerte episodio depresivo. Aquel es también el año de las bombas atómicas sobre Hiroshima y

Nagasaki. El año en que Europa se halla convertida en un erial sembrado de ruinas y cadáveres. No otro es el paisaje predominante, además del mar (símbolo de un vasto vacío), en los poemas que Blas de Otero escribe por entonces.

El poeta no habría necesitado las noticias desoladoras procedentes de países extranjeros para llegar por vía de experiencia inmediata a la conclusión de que el ser del hombre, según afirma en uno de sus versos, comporta «horror a manos llenas». La guerra civil española, la represión franquista, la penuria generalizada o la muerte del hermano y del padre cuando él aún era joven supusieron un duro golpe a su salud emocional. El resultado es un gran padecimiento y dos cimas de la poesía española del siglo XX: *Ángel fieramente humano* (1950) y *Redoble de conciencia* (1951).

No hace falta meterse en prolijas indagaciones para encontrarles abolengo literario al desasosiego y la exaltación que atraviesan ambos libros. Suenan en sus moldes métricos tradicionales ecos recientes de verbo airado (Dámaso Alonso, sin duda Unamuno), pero la cuerda tensada por autores que hablan directamente a Dios en verso, esperando en vano una respuesta, se remonta a siglos atrás. La mística del XVI, aunque no cuestiona la fe, también es una literatura de la desazón existencial.

El poeta místico no admite la naturaleza trágica de la existencia humana. Por lo tanto, no teme la muerte; antes al contrario, la desea ardientemente, la implora, la reclama, y si no la provoca por su cuenta es porque el suicidio, vedado por los mandamientos divinos, lo privaría del premio que anhela. El místico siente la vida terrenal como una dilación penosa de lo que define como vida más alta o vida verdadera. Para él la muerte es la entrada por la que se accede a un gozo supremo, asentado en la certeza de la fusión del alma con el Señor. Se entiende así que Teresa de Jesús, corroída de impaciencia, muera porque no muere, y que toda su esperanza, su ilusión, incluso su felicidad no exenta de ribetes eróticos, se cifre en el morir.

La condición del cuerpo provisto de conciencia supone una fuente de insatisfacción y de ansias desatadas tanto para la monja de Ávila como para el Blas de Otero de los libros arriba mencionados. Dicha condición causa a los dos poetas, por sí sola, con independencia de posibles vicisitudes adversas, un fiero dolor, dicho sea esto con un adjetivo cercano a ambos. Y aunque la intensidad de sus respectivos tormentos alcance parecida magnitud, lo cierto es que el origen de cada uno de ellos no podía ser más divergente.

Por un lado está el dolor de los creyentes fervorosos que menosprecian la vida mundana en nombre de otra espiritual, superior, y castigan sus cuerpos, en un ejercicio riguroso de desasimiento, con azotes, con cilicios, con privaciones, con lo que sea; por otro, el dolor asociado al miedo de un hombre que constata su finitud, mira al frente y sólo ve la nada que tarde o temprano aniquilará su vida, privándola de antemano de cualquier sentido.

El vigor expresivo de su lamento, la verdad humana de su pasión, las distorsiones lingüísticas que su angustia le suscitan no desmerecen de los tropos igualmente sentidos que aún nos conmueven cuando leemos los poemas de los místicos, por más que en estos derive con frecuencia hacia el júbilo (y hacia la ternura en el caso de San

Juan de la Cruz) lo que en Blas de Otero es rabia desesperada. También él, como aquellos, eleva su voz a Dios, a quien dirige la palabra, tuteándolo, para formularle preguntas, mandarle súplicas, pedirle razones. Ahí terminan, por cierto, en la forma de un diálogo no correspondido con quien se supone que tiene la llave de la salvación, las concomitancias entre los místicos del XVI y Blas de Otero, tan diferentes, por lo demás, en sus respectivas maneras de concebir la existencia humana.

Aún no perdido de vista su horror, Blas de Otero opta finalmente por una afirmación de la vida, de esta vida de días y noches, de buenos y malos momentos, la única que hay o, en todo caso, la única cuya existencia inspira pocas dudas. «¡Quiero vivir, vivir, vivir!», exclama. Él no pidió nacer, tampoco desea morir. Primero se rebeló contra Dios, le pidió cuentas sin ahorrarle reproches ni acusaciones; pero al fin no obtuvo otra respuesta que el silencio. Y se siente solo. ¿Solo? No, hay otros hombres a su lado, compañeros de alegrías y de penas sometidos como él al destino absurdo de la especie, expuestos a los mismos desastres y a las mismas injusticias que a diario se deparan los unos a los otros.

Si el hombre tiene una tarea que dé sentido a su respiración y a sus afanes, esa tarea por fuerza ha de realizarse aquí, donde él está, donde están los otros, en el mundo material. Surge entonces en la poesía de Blas de Otero una serenidad, a veces teñida de sarcasmo, que ya asomaba en los poemas finales de *Redoble de conciencia*. Y surge al mismo tiempo la voluntad firme de cantar para el hombre, para todos los hombres, que es lo mismo que hacerlo para la «inmensa mayoría».

La paz que el poeta no hallaba en su interior la buscará en adelante en la comunicación con el resto de sus congéneres. De tales mimbres se hizo entonces el poeta social y el militante del partido que fue Blas de Otero. No es extraño (ni acaso paradójico) el que la reducida mayoría inmensa que hoy gusta de leer poemas prefiera aquellos del hombre que luchaba cuerpo a cuerpo con la muerte. Aquellos, en fin, a primera vista no escritos para muchedumbres.

A todo esto, nos pusimos a hablar de los vinos peleones, ba-
ratos, que daban olor acre a las tabernas de antaño, y yo le con-
té al Viejo que mi padre no los bebía de otra clase, rebajados con
gaseosa. Sentado a su derecha, todavía niño, yo le pegaba du-
rante las comidas, a cada poco, unas espoladas de cuidado al
porrón, y lo único que él me afeaba era que metiera el pitorro en
la boca.

Del asunto de los vinos populares pasamos al de las duras
condiciones de vida de la gente llana en los primeros años del
franquismo. Hablamos por extenso de la penuria, del hambre y
el retraso de la España de entonces, y citamos testimonios litera-
rios en los que había sido descrita con crudeza, pero también con
relieve de estilo, aquella triste realidad. Salieron a relucir nom-
bres de escritores. Los dos coincidimos en la admiración por Ig-
nacio Aldecoa, a cuyos cuentos yo había dedicado tiempo atrás
un artículo que prometí leerle al Viejo otro día.

No he conocido la miseria, le dije; sí el retraso educativo y
cultural, menos grave por los años de mi infancia que en aque-
llos otros anteriores en que transcurre la mayor parte de las his-
torias de Aldecoa. Conforme iba adquiriendo conocimientos y
leía libros, desarrollé una especie de discrepancia estética frente a
mi entorno social. Puede decirse que mi primera emigración la
llevé a cabo mentalmente y que estaba determinada por el gusto.
En cierto sentido, vivía alejado de las personas que me rodea-

ban, como separado de ellas por una membrana transparente. ¿Me explico? En lugar de responder, el Viejo se limitó a pedirme que continuara.

En verano sobre todo, años sesenta, la llegada de turistas a la ciudad me revelaba la existencia de mundos no sólo distintos, sino deseables. De pie en el borde de la carretera, miraba fascinado los vehículos (coches nunca vistos, furgonetas de viaje, caravanas) de matrícula alemana, francesa, holandesa... Abrigaba el convencimiento de que sus ocupantes eran seres favorecidos por la fortuna. Los juzgaba a simple vista adinerados, modernos, atractivos; en una palabra, superiores.

Una tarde me acerqué a una familia extranjera. Un hombre, una mujer y dos niñas de rasgos nórdicos, con bañadores, se disponían a vestirse junto a la barandilla de la playa de Ondarreta. Los cuatro tenían el pelo rubio. Hablaban con sonidos incomprensibles para mí. Su atuendo, sus ademanes, sus fisonomías, todo en ellos me maravillaba y yo, lo confieso, a su lado tenía la sensación de ser un monito. Me costó un rato reunir el atrevimiento suficiente para rozarle el antebrazo a una de las niñas. ¿Qué tendría yo? ¿Ocho, nueve años? No más.

Las canciones entonces de actualidad, las bandas de músicos con melena, la llegada a la Luna, los avances de la técnica, la certeza, en fin, de que lo nuevo e interesante ocurría lejos, todo ello alimentó en mí, apenas entrado en la pubertad, el firme deseo de practicar algún día la respiración en otras latitudes. Me daba igual dónde. Y no es que renunciase a mis orígenes. Era algo distinto. Eran ganas de formas nuevas y excitantes, de agrandar mi mundo, de ver cada mañana salir el sol donde no solamente ocurrieran sucesos de marcado carácter localista.

Mi aspiración a traspasar fronteras se afianzó en 1978, cuando, con ocasión de un modesto premio literario, disfruté de varios días de estancia en París. Recuerdo la aventura con una *viva sensación de felicidad. En la calle me gustaba todo de una manera jubilosa: los puentes, los letreros, las fachadas. A la memoria me vinieron, claro está, los escritores de mi lengua que alguna vez se establecieron en París. César Vallejo, Julio Cortázar (que aún vivía), tantos otros cuya invisible presencia me parecía percibir entre los detalles del mobiliario urbano y en no sé qué propiedades y vibraciones del aire. Y al emprender el viaje de vuelta, me dije en la estación de Austerlitz que haría lo posible por vivir alguna vez en un lugar como aquel; en realidad, me lo prometí.*

Para rato iba yo a imaginar que la vida, con la colaboración del azar, habría de depararme pocos años después un grandísimo regalo. Fue en el otoño de 1982. Por aquella época vivía yo en un piso de la calle Canal, de Zaragoza, en compañía de dos estudiantes. Acordamos habilitar la sala para dormitorio, atraer a un cuarto inquilino y ahorrarnos así una parte de la cuota mensual de alquiler. Con dicho propósito fijé los consabidos anuncios en el tablón de varias facultades. Días más tarde, a media mañana, sonó el timbre. Fui a abrir. Al pronto pensé que yo debía de estar en la cama soñando. Tan irreal me parecía la escena. Ante mí, sonriente, estaba una chica preciosa, de larga melena ondulada, ojos claros y, como supe más tarde, origen alemán. Tanto tiempo acuciado por el deseo de marcharme a vivir a otro país y un país, Alemania, venía a llamar a mi puerta con mano encantadora. De entonces acá han transcurrido más de treinta años. Los tres (la Guapa, Alemania y yo) seguimos juntos.

La historia del cuento español del siglo XX quedaría gravemente incompleta sin el estudio de las casi ochenta piezas, algunas de notable extensión, que legó a la posteridad Ignacio Aldecoa. Quizá no fuera incongruente conjeturar que la pérdida rebasaría el límite de la literatura. Tan perjudicado, si no más, resultaría el conocimiento relativo al modo como la gente de extracción social humilde conllevaba la época histórica que también correspondió al autor.

Todas las ficciones de Aldecoa, incluidas las de género novelesco, se sitúan en el suelo y los mares de España, sin otra salvedad que dos capítulos de la novela *Gran Sol* en los cuales los marineros protagonistas arriban a un pueblo costero de Irlanda, para descansar en un caso, para enterrar a su patrón en el otro. Todas transcurren, además, en tiempos de la dictadura de Franco, a quien jamás nombran no obstante haber sido escritas con la voluntad ostensible de dirigir un testimonio crítico contra su régimen. En algunas de ellas todavía resuenan ecos de la guerra civil.

Es razonable que un lector concibiera el sueño grato de compartir aventuras con los piratas de Stevenson. ¿Quién no se apuntaría a un encuentro fortuito con don Quijote y Sancho en una venta manchega de comienzos del siglo XVII? Cuesta, en cambio, imaginar que una persona provista de uso de razón (o simplemente aficionada a la sonrisa) ambicionase para sí las arduas condiciones sociales y el consabido destino adverso y gris que la literatura de Aldecoa depara de costumbre a sus actores.

Abundan entre los cuentos de Aldecoa aquellos que fijan su atención narrativa en hechos anodinos. Los interpreta gente común atada a la miseria cotidiana del suburbio, al retraso de la población rural, a los rigores del trabajo duro, peligroso, mal remunerado. Cualquiera, se diría, está en condiciones de protagonizar un cuento de Aldecoa con tal que sea un pobre ciudadano español de la posguerra.

El elenco de desdichados es numeroso. Algunos parecen repetir presencia con distintos nombres y fisonomías. Son frecuentes los niños desvalidos, a menudo señalados por alguna terrible enfermedad; los amantes pobretones, los rústicos sin medios económicos que buscan fortuna en los arrabales de la gran ciudad, los maridos borrachos, las mujeres cargadas de hijos y las solteronas; en fin, los menesterosos de toda laya que calientan su miseria en la taberna o el café, o que se pudren de soledad entre cuatro paredes desvaídas. Ninguno muestra aptitudes para la introspección. Carecen de dinero, de energía intelectual y tiempo libre para consagrarse a la reflexión sobre sus problemas. Su vida interior está hecha, no de sutilezas psicológicas, sino de sencillez desnuda, de urgencias elementales, a menudo de amargura y casi siempre de ilusiones frustradas.

En balde buscará el lector en medio de tanto desamparo una línea jocosa. Si un personaje, cosa rara, manifiesta un rasgo de humorismo, lo más probable es que a sus palabras las acompañe un dejo de sarcasmo. Y, sin embargo, no da la impresión de que Aldecoa se ensañe con sus figuras, colmándolas de lacras e infortunios al modo de Cela o de Quevedo para exhibir florituras de estilo, para poner por obra juegos de palabras o chanzas crueles. Antes al contrario, Aldecoa dispensa a las suyas un trato digno, lo que con frecuencia implica que resalte en ellas sus flancos más nobles y las presente como solidarias, entrañables, laboriosas, en claro contraste con los burgueses ociosos y aburridos a los que el autor acostumbra ridiculizar sin compasión.

El mundo de los oficios constituye otra fuente argumental de primer orden en las ficciones de Ignacio Aldecoa. La peripecia cotidiana de maquinistas, albañiles, jornaleros, aprendices de esto y de lo otro, sostiene el núcleo temático de un gran número de cuentos que comportan, conforme a los postulados del realismo social vigente en España a mediados del siglo xx, tanto una exaltación de los valores positivos del trabajo como una crítica de las injusticias y desigualdades padecidas por las capas populares.

No es de los menores méritos de Aldecoa haberse abstenido de explicitar dicha crítica a costa del arte literario. Sus cuentos y novelas están por fortuna exentos de pasajes que perturben el discurso propiamente narrativo con alguna clase de adherencia política o moral, o con elementos superfluos encaminados a transmitir enseñanzas. Aldecoa no moraliza, sino muestra. De modo que es al lector perspicaz a quien compete extraer conclusiones a partir del relato de multitud de destinos individuales, de la descripción de ambientes y de los diálogos. Bien es cierto que en ocasiones el ejercicio de la mostración ahoga la trama. Ocurre así en piezas que hoy vemos escoradas en exceso hacia el lado del costumbrismo, defecto no obstante compensado con una prosa de calidad.

Propiedades duraderas del cuento

A una pregunta que me formuló el Viejo, mientras degus-
tábamos un estupendo Ribera del Guadiana, le respondí que
siendo yo niño nadie me contaba cuentos, salvo, de manera
ocasional, mi madre. Ella me transmitió la religión y algunas
historias tradicionales. Supongo que en el parvulario de las es-
cuelas públicas de El Antiguo recibí otra dosis de lo mismo,
aunque no de manera individualizada ni con muestras de afec-
to maternal.

Alguna vez, después de hablar con personas que tuvieron
una infancia distinta de la mía, he echado en falta abuelos que
me explicasen lo esencial de la vida por medio de fábulas. El
padre de mi padre, combatiente republicano, murió en Asturias
en un lance de la guerra civil; el de mi madre, un domingo de
1929, aplastado por el derrumbe de un granero, en el pueblecito
navarro de Oteiza de la Solana. En cuanto a mis abuelas, con
una apenas conviví; la otra no era propensa a contar cuentos.
Su hijo, mi padre, tampoco. Mi padre tenía una tendencia al
humor socarrón que creo haber heredado; pero era más bien in-
trovertido y no descarto la posibilidad de que no se supiera un
solo cuento entero.

Conque la única persona que me acercó las historias de toda
la vida (La ratita presumida, Los tres cerditos, Blancanie-
ves...) fue mi madre. La recuerdo cosiendo en casa prendas de
vestir para conocidas suyas y mujeres del vecindario. Mientras

manejaba la aguja y los hilos me cantaba tangos, arias de zarzuela, viejos éxitos musicales de cuando era joven. Y a veces, sin
apartar la vista de la labor, se arrancaba a contarme un cuento.
Yo la escuchaba sentado en el suelo, en medio de una rueda de
soldados de plástico.

Al relatar, mi madre imprimía a su voz un tono de false-
te. La célebre ratita presumida le salía singularmente repipi.
No creo que aquella forma de dirigirse a un niño fuera un
rasgo privativo de mi madre. Infinidad de veces me he topado
con parecida falta de naturalidad en los programas infantiles de televisión, en las películas de dibujos animados, en los
anuncios publicitarios y también en el trato diario de muchos
españoles con sus hijos. He visto a menudo, en la vía pública,
a padres y madres infantilizarse cuando se dirigen a sus bebés.
En lugar de familiarizar a los niños con el mundo de los adultos al que tarde o temprano se incorporarán, son ellos los que
descienden al nivel mental de los pequeños, remedando los
modos expresivos infantiles, edulcorando y deformando aquello que desean transmitir. No se lo reprocho a mi madre. Bastante hacía ella con amenizarme la tarde mientras cumplía sus
tareas.

Fue en Alemania, muchos años más tarde, donde descubrí y
practiqué, siendo padre, el hábito de la Gutenachtgeschichte o
«historia de las buenas noches». El cual consiste en contarles a
los niños, acostados en la cama poco antes de dormir, de viva
voz o leyendo de un libro, un cuento popular, una fábula rima-
da, cualquier entretenimiento verbal que les procure un poco de
fascinación, quizá una enseñanza y, por supuesto, un fin agradable de la jornada.

Nadie discute que los primeros años de la vida de una persona son decisivos para su desarrollo posterior, que en ellos se
crean los cimientos del carácter y la inclinación por futuras acti-

vidades. En un artículo de hace tiempo propuse la hipótesis de un solo relato en la humanidad del cual provienen, a modo de variaciones, todos los que conocemos. Yo, que llegué tarde a dicho relato, tengo por afortunados a quienes lo recibieron a edad temprana.

A este punto, el Viejo, que llevaba varios minutos pensativo, me pidió que otro día le leyese el artículo en cuestión y así lo hice.

No consta que haya quedado testimonio de la primera historia jamás contada. Caben, sin embargo, pocas dudas acerca de su antigüedad. En el interior de una caverna prehistórica, acaso al calor crepuscular de una de las primeras lumbres encendidas por la pericia humana, alguien, un hombre o una mujer, inauguró sin saberlo el apego inmemorial de nuestra especie a la ficción.

Quizá aquel ser humano presuntamente primitivo se limitó a evocar con sonidos bucales un episodio de caza. Puede que lo venciera la ambición de dar sentido a los puntos luminosos dispersos en la noche. O que, en un alarde de imaginación, ideara un alojamiento perpetuo para cada uno de nosotros después de muertos.

Los primeros balbuceos narrativos de la humanidad me suscitan una doble suposición. Por fuerza precedieron a la cultura escrita y son, por tanto, anteriores a la noción de autor y a la noción de arte. La segunda hipótesis es indemostrable, pero igual de verosímil. La primera transmisión de sucesos reales o imaginarios sometidos a un orden episódico, esto es, la primera historia jamás contada, debió de durar un trozo pequeño de tiempo, lo que nos legitima ahora a otorgarle el nombre convencional de cuento.

No tengo noticia de ningún caso en que la facultad

del lenguaje articulado no hubiese dado lugar al hábito de referir historias. Dicho de otro modo, el cuento, aunque en su versión impresa admita y aun exija los artificios puestos a su disposición por la preceptiva literaria, es antes de nada una forma natural de narración. A un niño de dos años no se le cuenta de anochecida una novela entera, aunque quizá esta fuese la variedad narrativa adecuada si sólo se pretende que la criatura concilie el sueño.

El cuento ha sido incesante en la historia diversa de las civilizaciones. Vio nacer la escritura cuneiforme, el papiro, el pergamino y, por supuesto, el libro, donde también se alberga. Su origen precedió a la invención de los géneros literarios, a la educación escolar y, por descontado, a los concursos de cuentos. Y parece llevarse bien con los procedimientos modernos de difusión en la red cibernética.

Lo siguen cultivando las tribus indias de la Amazonia, los contadores de historias en los zocos árabes, la abuela culta o analfabeta con la cara vuelta hacia los ojos que la miran fascinados desde una cuna, o el escritor profesional. El cuento transmite al ser humano, ya en una edad temprana, cuando el intelecto todavía está en los albores de su desarrollo, una enseñanza determinante para la captación y entendimiento de la realidad: la de que no todo lo que ocurre a nuestro alrededor es visible, ni está presente, ni acaso se explique con la sola ayuda del sentido común.

Desde sus orígenes y a pesar de las innumerables audacias formales que han ido modelándolo a lo largo de los siglos, el cuento nunca ha dejado de consistir en una unidad narrativa breve. Perdón por la simpleza. Confío en ser exculpado de ella si añado que concibo la referida brevedad en función de las derivaciones prácticas que implica y no como el mero enunciado de una magnitud. El contar breve, esto es, la certeza previa por parte de quien cuenta y por parte de quien escucha o lee de que entre la primera y la última palabra dista un tramo que nuestra atención puede recorrer sin interrupciones en poco tiempo, afecta más de lo que pueda parecer a primera vista a la esencia del cuento.

Dicha brevedad no sólo determina el modo como se eslabonan los sucesivos elementos de una ficción, sino que actúa sobre ellos a la manera de un filtro severo. En un cuento no cabe de todo, como suele afirmarse, no sin ligereza, de la novela. Un cuento (un buen cuento, se entiende) admite un número limitado de ingredientes. Ni siquiera necesita agotar la narración de una historia para darla completa. Le basta con sugerirla de tal suerte que al oyente o al lector le quepa el refinado placer de desarrollarla en su imaginación hasta donde juzgue conveniente, en dichosa complicidad con el cuentista.

La brevedad impone la concentración, al tiempo que convierte al cuento en un arte de las insinuaciones, los sobrentendidos, los datos ocultos, las medias palabras. A este arte no le queda más remedio que apurar su capacidad de sugerencia cuanto más reducida es la masa verbal que integra la pieza narrativa. Su forma extrema la constituye el llamado microrrelato, cuyo acierto se cifra en la habilidad con que es sugerida en él una historia completa a partir de unos pocos elementos explícitos.

Un cuento se compone en esencia sólo de cuento. Su naturaleza no lejana a la de un poema de medida estricta lo hace incompatible con la digresión, las descripciones exhaustivas, las introducciones prolijas, los pasajes de transición y, de un tiempo a esta parte, con las moralejas. No hay espacio físico en él para añadidos accesorios. Al menor desliz, a la menor vanidad de estilo, la ilusión narrativa se desbarata. Cuatro, ocho, quince páginas ofrecen un margen insuficiente para el olvido de un fallo. No digamos un microrrelato de apenas unas pocas líneas o de una sola palabra que, en el colmo del infortunio literario, fuera inexacta o contuviese un error.

Como en el día remoto de su manifestación primera, el cuento acepta con naturalidad la posición del narrador que tiene delante a un público, también cuando la vía de transmisión es la escritura. Cambian los idiomas, la técnica literaria y los formatos de difusión, pero el rito asociado al hecho narrativo breve permanece. Este rito sencillo y antiguo se sustenta en un acuerdo tácito de entendimiento, asimilado por el instinto humano antes incluso de las primeras letras, entre quien cuenta y quienes escuchan o leen lo contado.

Por eso, trate del asunto que trate, todavía encuentran fácil acomodo en el cuento los recursos propios de la oralidad. Lo cual no significa que el escritor esté obligado a expresarse con un remedo de musiquilla hablada. Se diría que todos los cuentos, el de la madre al hijo, el del maestro a los alumnos, el del indio en la selva, el árabe en el zoco o el escritor dado a las consabidas piruetas de vanguardia, son apenas variaciones de aquella primera historia suscitada por el hecho asombroso de que estamos vivos y lo sabemos. Alguien, ignoramos quién, empezó a contar alguna vez aquella historia que otros prolongamos ahora sin que nos sea dado predecir su desenlace.

También le llevé al Viejo aquel jueves una reflexión escrita sobre un libro de cuentos de Pilar Adón, ya que, además de haber disfrutado mucho con su lectura, me había parecido modélico en un punto en que los buenos narradores no deben fallar. Me refiero a la selección de detalles significativos, siempre importante, pero rigurosamente fundamental cuando la pieza narrativa es breve. Y le dije al Viejo que, a mi juicio, los detalles han de eslabonarse de modo que induzcan al lector, según su particular entendimiento, a abarcar en una proporción suficiente la historia que el texto nunca le da completa, que a veces sólo le insinúa.

Le dije asimismo, y él lo admitió, que no hay ser humano que consista en una historia terminada y que por fuerza toda idea que albergamos de los demás, aunque convivamos estrechamente con ellos, es parcial. El Viejo añadió que acaso era mejor así por cuanto pocas personas, una vez desentrañados los componentes de la personalidad, se librarían de dejar al descubierto su constitutiva insignificancia. La gente, concluyó, como las figuras de ficción, resulta más interesante cuando no ha sido despojada de todo su misterio.

Pues es posible (es seguro, me corrigió) que algunos vecinos del barrio donde me crié habrían perdido para mí su naturaleza enigmática, incluso su estatura mítica, si los hubiera conocido lo bastante como para entender los motivos de su conducta. ¿Por ejemplo?, me preguntó un tanto retador. Me acordé de uno que solía andar por la calle tocando la gaita, seguido de un enjambre de niños fascinados al que a veces yo también me sumaba. Pregunté en casa por qué aquel vecino, padre de familia numerosa con tendencia a hablar a solas en voz alta, iba de un lado a otro tocando la gaita sin que hubiera fiestas, y mis padres, por toda respuesta, hicieron el gesto de quien empina el codo. Gesto que comportaba una explicación insatisfactoria para mí, pues había numerosos hombres en el barrio que se daban a la bebida, pero sólo uno tocaba la gaita.

En el piso inmediatamente inferior al nuestro, rara era la noche en que el padre no abroncase a los hijos, una muchacha y dos muchachos. Al parecer los varones, sobre todo el más joven, eran los destinatarios de las reprimendas. A veces, en ausencia del padre, la madre asumía la ruidosa función de regañar. Por más que yo aguzase el oído, no acababa de entender las palabras distorsionadas por la voz enorme del padre o por los gritos terebrantes de la madre, amortiguadas además por la capa intermedia de cemento. ¿Qué razón motivaba las broncas frecuentes en el piso de abajo? La respuesta adoptaba por fuerza la forma de una historia compuesta a la medida de mis suposiciones, puesto que yo no disponía de posibilidad ninguna de comprobación. Lo único que sabía a ciencia cierta era que por nada del mundo me habría apetecido ser miembro de aquella familia.

Luego descubrí que uno no tiene por qué resignarse a ser mero espectador de vidas ajenas, sino que puede de modo calculado intervenir en ellas, obligando a sus congéneres, lo quieran o no y acaso sin que se den cuenta, a interpretar episodios insólitos y divertidos. ¿Algún ejemplo?, preguntó el Viejo. Me vino al recuerdo uno que protagonicé de adolescente. Mi familia solía recordármelo en prueba de lo bicho que yo era. Picado por la curiosidad, el Viejo me pidió que se lo contara y yo se lo conté.

En un edificio que formaba ángulo con el nuestro y, como

274

nosotros, en el tercer piso, vivía un hombre fornido, aficionado a la bebida, a quien los vecinos apodaban el Rubio por razones que no precisan aclaración, aunque, bien mirado, tiraba a pelirrojo. Una noche de buen tiempo lo vi desde detrás de la cortina del comedor de mi casa acodado en la barandilla de su balcón. Vestido con una camiseta interior blanca, sin mangas, miraba la calle. Me tomó de repente un vivo deseo de obrar alguna clase de efecto perturbador en aquel vecino que disfrutaba apaciblemente de la calma nocturna. Con dicha finalidad, busqué su número de teléfono en la guía y lo llamé. La proximidad de ambas viviendas me permitió escuchar los timbrazos de su aparato. El Rubio se metió en su casa. Yo esperé unos pocos segundos y colgué antes que él hubiera tenido ocasión de alcanzar el auricular. Volvió a acodarse en la barandilla, volví a llamarlo y él acudió de nuevo al teléfono. A la tercera o cuarta vez, se soltó a proferir tacos y a dar tales voces que las ventanas del vecindario no tardaron en llenarse de caras sorprendidas. Le concedí una tregua para que se serenase y saboreara cuatro o cinco caladas de su cigarrillo. Apenas recobrada la tranquilidad, zas, volvió a sonar el teléfono dentro de su casa.

El Viejo chocó su copa con la mía. Aramburu, dijo, era usted un bicho de cuidado.

La culpa, alegué, es del Quijote, que me influyó en el gusto de literaturizar la realidad cotidiana interfiriendo en ella con lances y aventuras.

¿Lances, aventuras?, dijo él. Vamos, vamos. Lo suyo eran puras y simples perrerías.

Todo texto narrativo, cualquiera que sea su naturaleza, comporta una selección. Es concebible, al menos en un plano teórico, consagrar una veintena de tomos a medio minuto de la vida de cierto personaje. La crónica absoluta, como las paredes del Universo a las que tratamos de acceder con nuestros aparatos telescópicos, seguiría siendo una contingencia inalcanzada. De poco sirve buscar similitudes con el célebre mapa de Borges, cuya perfección exigía que tuviera idénticas proporciones a las del imperio representado. El relato total de medio minuto, incluso el de una unidad temporal menor, admitiría ser expresado por una masa tan formidable de palabras que su lectura completa se habría de extender durante largos años. Tan sólo lo que pudiera escribirse acerca de los vasos capilares de un párpado colmaría una biblioteca. El añadido incesante de nuevos detalles y las variaciones de otros ya consignados permitiría dilatar la minuciosa narración por espacio de multitud de tomos, todos ellos previsiblemente insustanciales y, sin la menor sombra de duda, insoportables.

Al arte del buen narrar se le presupone, entre otras destrezas, aquella que determina la selección de los elementos necesarios para transmitir la ilusión de una historia coherente. Aceptado que no se puede ni se debe contar todo, al narrador no le cabe otro remedio que elegir un número limitado de pormenores, más reducido cuanto más breve sea lo que cuente. Dicha elección la hará tratando de prever el efecto que los distintos componentes de la narración obrarán en el destinatario. Los presentará, además, de tal manera que quien los lea o los escuche tenga ocasión de imaginar a su antojo las partes ausentes de la historia, con independencia de que estas sean o no baladíes. En realidad no es otra cosa lo que el aludido destinatario hace siempre y lo que causa que, por la vía de la participación activa, el goce de la lectura se consume en la particular plenitud de cada cual.

Un texto narrativo consiste por fuerza en una sucesión de fragmentos suficientemente significativos de una historia inabarcable. Entre dichos fragmentos bien pueden faltar los esenciales. Con justicia se atribuye a Chéjov una gran agudeza para sugerir sucesos implícitos. No pocos escritores desdeñan las descripciones fisonómicas; prefieren que sea el lector quien ponga cara a los personajes. Hemingway gustaba de omitir el episodio central de sus historias, lo que con frecuencia da un aire de actos insulsos a lo que en realidad es repercusión de terribles tragedias. En fin, a Raymond Carver su editor le podaba los cuentos, a veces suprimiendo en ellos largos pasajes, pese a lo cual más de un experto sostiene que el resultado del recorte supera en calidad literaria a la versión del autor.

La técnica de narrar mediante recursos elusivos no carece de excelentes cultivadores en las letras españolas actuales. No puede dejar de destacarse entre ellos, por la delicadeza y brillantez de su escritura, tanto como por la singularidad de sus historias, a Pilar Adón. Los catorce cuentos reunidos en su libro *El mes más cruel* (Impedimenta, 2010) componen una muestra valiosa del arte de narrar entre líneas; de narrar mucho con pocos elementos, cuando no, a fin de incentivar el misterio, de decir un punto menos de lo que acaso habría sido indispensable, diciendo a su vez lo justo para que el entendimiento del lector no quede a oscuras.

La pericia en la elección del detalle pertinente señala a Pilar Adón como una narradora excepcional, provista de un fino ingenio para extraer de los barros interiores de que están hechos los seres humanos mil y una sutilezas psicológicas susceptibles de aprovechamiento narrativo. Con escasas salvedades, sus cuentos versan de anomalías de la conducta humana. Los pueblan seres frágiles, melancólicos, desasosegados, jóvenes por lo general que arrastran una experiencia traumática, que son a menudo víctimas de miedos obsesivos. Predominan en el elenco de almas quebradas los necesitados de ayuda urgente, los que huyen y los que se esconden, sin que en ocasiones aflore a la página la razón entera de su peculiar comportamiento.

En «El fumigador», una nodriza se ha escapado al bosque en compañía de su marido y del niño que un día le fue confiado. El niño padece una deformidad cuya naturaleza no se nos revela. Sabemos tan sólo que nació «inacabado» y que, si fuera descubierto, un fumigador se encargaría de liquidarlo como quien liquida un animal nocivo, un ser monstruoso, o como eran aniquilados los deficientes mentales en Alemania durante la época del nacionalsocialismo. La peripecia anómala no quita para que a la nodriza se le amarguen los días pensando que por ley de vida el niño, cuando se haga mayor, abandonará el insólito hogar, construido especialmente para él con las paredes exteriores transparentes.

El mes más cruel contiene otras narraciones de parecida

índole, cuajadas asimismo de zonas en sombra, de diálogos enigmáticos y episodios nunca del todo esclarecidos. No es lo mismo contar una historia que explicarla. En una de dichas narraciones, una anfitriona abandona disimuladamente a sus invitados, impelida por cierto achaque que le sobreviene de vez en cuando, y se esconde llena de recuerdos torturantes en un escondite de la casa sólo conocido por el asistente de honor, que promete guardarle el secreto, también escatimado a los lectores. Forzado por su padre, un chico vuelve de África, adonde llegó arrastrado por una turbia y poderosa fascinación hacia un tal Salletti, del que apenas nos es dado averiguar unas cuantas menudencias. Una chica vive en constante inquietud a causa de un accidente ajeno, acaso un suicidio, del que sólo tiene una vaga constancia. Otra decide no salir nunca de su cuarto, donde no se sabe si lee o escribe. Su tenaz encierro no le impide comprometerse de continuo con quien la cuida (una amiga, su hermana, tal vez su madre) a dar paseos que luego nunca lleva a término.

Un poema sigue a cada cuento, con excepción del último. Quizá no sea ilegítima la siguiente hipótesis: Pilar Adón publicó un libro de poemas anteponiendo a cada uno de ellos un cuento. En vano el lector intentará combatir su extrañeza buscando vínculos argumentales entre los textos en prosa y los poemas. No es descartable que estos le brinden pequeños espacios para la reflexión. Al hilo de sus pensamientos podría tal vez persuadirse de las dilatadas posibilidades poéticas que comporta la literatura narrativa, especialmente cuando se aparta de hacer representaciones demasiado explícitas de la realidad.

*Once meses después de nuestro primer encuentro, me reuní
con el Viejo por última vez. De antevíspera me hizo saber por
medio de su asistente que no había posibilidad de visitarlo como
de costumbre porque lo habían obligado a desocupar la casa.
Estaba desde entonces alojado en un hotel. Una empresa de mudanzas se había hecho cargo del almacenamiento de sus enseres,
salvo los libros, de los que no había querido separarse, y las últimas treinta y seis botellas de su bodega. Sin la menor vacilación
había decidido regalármelas. Su asistente las fue colocando con
sumo cuidado donde yo le indiqué.*

*El jueves recibí al Viejo en mi casa. Llegó tentando el suelo
con la contera giratoria del bastón y cogido del brazo de su solí-
cito acompañante. A decir verdad, lo esperaba un cuarto de
hora más tarde. Por poco me pilla cenando.*

*Sentados a la mesa de la sala, primeramente bebimos por
sugerencia suya un Chianti Classico, tan seductor en su aroma
que me apretó la tentación de darle un sorbo por la nariz; después, ya que no había una segunda botella del mismo vino, un
Quinta do Infantado Vintage, año 99, que me dejó aturdido de
felicidad.*

*La conversación versó durante largo rato acerca del grave
problema que afectaba a la estructura de su casa. Días antes él
me lo había resumido por teléfono con una palabra: termitas. El
edificio, una vieja mansión del siglo XIX, albergaba dos vivien-*

das separadas por la correspondiente pared medianera. Desde hacía largos años la vivienda contigua a la del Viejo se hallaba vacía, por no decir abandonada. Una parte del muro exterior, a la altura del primer piso, se había desplomado sobre el patio. El maderamen, del sótano al desván, estaba literalmente comido de termitas, que, en su paulatino y voraz avance, habían penetrado en la casa del Viejo. ¿De qué habían servido los sucesivos arreglos y remozamientos en el curso de los años si a su vez la vivienda contigua no había recibido los cuidados necesarios? Los bomberos informaron a las autoridades del peligro inminente de derrumbe.

Medio en broma, medio en serio, el Viejo dijo sentirse como los personajes de aquel famoso cuento de Julio Cortázar que al final se ven forzados a marcharse para siempre de su hogar. No le venía el título a la memoria. Yo se lo dije y, de paso, le conté que tiempo atrás escribí para un suplemento literario una reflexión al respecto. Me pidió que se la leyese. A mí me dio apuro abundar en una cuestión que seguramente le habría quitado el sueño durante los últimos días. Negó rotundamente. Desde que estaba en el hotel había dormido las noches de un tirón.

Y, por lo demás, hacía tiempo que tenía previsto establecerse en la ciudad donde residía la mayor de sus hijas. La cual le había hecho prometer que antes de cumplir ochenta años iría a vivir cerca de ella, de forma que pudiera hacerse cargo de él con prontitud en caso de urgencia. Le he asegurado, me dijo, que llegaré tranquilamente a los noventa, pero se conoce que no la he convencido. El Viejo había tratado el asunto con su asistente y los dos se habían puesto de acuerdo en seguir la recomendación de la hija. Dicho esto, fui en busca del texto a mi cuarto de trabajo. Entrechocamos las copas y yo leí.

La convención literaria nos ha familiarizado con enigmas que en el decurso del texto, poco a poco o de manera abrupta, se resuelven. El lector siente un pinchazo de gozo al averiguar, con el solo esfuerzo de la lectura, quién perpetró el crimen, dónde estaba escondido el tesoro, a qué término condujo cierta combinación de aventuras. La promesa de unas horas de incertidumbre, acaso de desasosiego, coronadas por un desenlace ideado para satisfacer expectativas y generar, por lo tanto, alivio, sostiene una gran parte de las narraciones comerciales de nuestros días.

La alta literatura, que, como la de inferior calidad, se elabora con materiales extraídos de la experiencia humana, propende de suyo a rehuir procedimientos que, a manera de moldes, le impongan formas tópicas o de uso general. No se abstiene de proponer enigmas; pero es raro que se doblegue a soluciones esperables.

La revista *Los Anales de Buenos Aires* publicó en 1946, por decisión de Jorge Luis Borges, una de las más célebres narraciones con misterio de la literatura escrita en lengua española. Fue también una de las primeras difundidas por Julio Cortázar, a la sazón escritor desconocido, y lleva por título *Casa tomada*. Ya entonces Borges comprendió que la escritura conversacional y a menudo defectuosa de

Cortázar seguía una pauta de necesidad en la elección de las palabras y que el breve cuento que el autor le había rogado que leyese era memorable.

La pieza trenza escasos episodios, los cuales dan pie a una trama sencilla. Dos hermanos cuarentones, varón y mujer, habitan una vieja casona de Buenos Aires, entregados en apacible reclusión a actividades intrascendentes. Viven con holgura de las rentas que les proporcionan sus propiedades rurales. Por la mañana comparten los quehaceres domésticos; durante el resto de la jornada, él frecuenta la literatura francesa y ella teje. Eso es todo (descripción, antecedentes, preparativos) hasta que un día de tantos, al atardecer, una presencia misteriosa perturba la rutina de ambos. Dicha presencia, que ellos no llegarán a ver, se extiende progresivamente por la vivienda. Su avance obliga a los dos hermanos a replegarse a una parte de la casa y por último a abandonarla para siempre.

A juicio de ciertos críticos, una característica perjudica al relato de Cortázar. El objeto de su reproche es tan evidente que cuesta creer que no hubiera sido urdido al efecto o que constituya, como se lee por ahí, un error de construcción. Y es que los elementos destinados a conformar el espacio narrativo, caracterizar a los personajes y referir acciones accesorias de estos exceden en atención a los sucesos esenciales, llamados a conferir justificación narrativa a todo lo anterior.

El texto admite interpretaciones menos categóricas. La enumeración de trivialidades cotidianas y la descripción de recintos ayuda a acercar a los lectores, por vía sensorial incluso, la singular atmósfera del relato. Una atmósfera de aire estadizo, de prolongados silencios, de laxitud, penumbra y monotonía, cuyo mayor incidente, por no decir el único, lo causa el polvo que se posa a diario sobre los muebles. Que dos personas sanas, exentas de apuros económicos, renuncien a cualesquiera dones mundanos para consagrarse día y noche a la custodia ritual de dicha atmósfera, en la que se condensa el pasado y presente de una mansión antigua, roza formas anómalas de comportamiento, si no es que sitúa al cuento directamente en la esfera de lo fantástico.

Apenas introducidos los episodios que contienen el enigma, el lector no puede sustraerse a la pregunta: ¿quién o qué lleva a cabo la toma de la casa? El hecho, calificado de simple por el narrador, ocurre una tarde posterior al único dato temporal de la historia, el año 1939. Sus indicios son de naturaleza acústica. La mención es por demás imprecisa: «Escuché algo». El protagonista ni siquiera logra ubicar con exactitud la procedencia del sonido. Para describirlo recurre a comparaciones. Fue «como un volcarse de silla sobre la alfombra o un ahogado susurro de conversación». A los pocos segundos el ruido suena en otra parte. El lector deduce de ello que la inexplicada presencia deambula entre las distintas habitaciones.

Alarmado, el protagonista se apresura a cerrar con llave la puerta maciza de roble que comunica las dos alas de la casa, con la consiguiente partición del espacio narrativo. Ahora hay un aquí donde moran los personajes acompañados por las palabras sosegadas, reacias a la hipérbole, del narrador y la comprensible perplejidad de los lectores, y hay, tras la puerta mencionada y la línea de tabiques, un allá sin acceso donde por ahora ha quedado retenida la amenaza.

Cuando el narrador refiere a su hermana lo ocurrido, el lector se entera de que la indefinida presencia que avanza hacia ellos es múltiple: «Han tomado la parte del fondo». Al lector le es dado asimismo inferir que los personajes del relato poseen un conocimiento previo de quienesquiera que los obligan a retroceder. Ni siquiera consideran pertinente nombrarlos. Sobre los protagonistas se proyecta la sombra de un sobrentendido. Es plausible suponer que el fenómeno al que se enfrentan comporta para ambos una limitada novedad. De ahí que en sus lacónicos diálogos resulten superfluas las explicaciones.

Perdida la mitad de la casa, los dos hermanos se acogen a la resignación. No les pasa por la cabeza establecer un plan de resistencia, no dan muestras de terror, no trazan planes para defenderse ni salen en busca de ayuda. En lugar de todo eso, el narrador aplica al paulatino desalojo un cálculo frío de ventajas e inconvenientes. Mientras los tabiques y la puerta cerrada los preserven del peligro, los dos moradores de la casa continuarán su vida apacible y recogida de costumbre.

Sabemos, por declaraciones del autor, que su impulso inicial para componer esta historia centrada en un misterio no resuelto provino de las imágenes de un sueño. Cortázar era partidario de que los relatos sucediesen completos en su mente antes de transponerlos al papel conforme a determinados ritmos de fluencia verbal, al modo de un músico que repentizase series de notas con ayuda de su instrumento. Se dijera que Julio Cortázar «tocaba» la máquina de escribir.

La subordinación del cincelado estilístico a la espontaneidad explica los frecuentes lamparones formales de su escritura. Pensemos, por ejemplo, en la repetición infortunada del vocablo «casa» en la frase última de, valga la redundancia, *Casa tomada*. Los fallos aparentes, las disonancias, las repeticiones, las cacofonías y otros vicios de la expresión, tradicionalmente reprobados por los puristas, favorecen, no obstante (se entiende que cuando los ponen por obra autores de fuste), ciertas cualidades expresivas: la naturalidad, el desenfado, el vigor emocional, el toque veraz; cualidades que, en vista de los resultados, las novelas de Cortázar no acertaron a aprovechar en igual medida que sus cuentos. No creo estar solo en el convencimiento de que dentro de Cortázar convivían un cuentista magnífico y un novelista discreto.

Como en las pesadillas, el desenlace de *Casa tomada* deja incólumes a los sujetos del sueño, víctimas de la misteriosa invasión. Al final, la presencia incorpórea toma la casa por entero, al tiempo que los hermanos escapan a la calle con lo puesto y arrojan la llave de la puerta principal a una alcantarilla para que ningún «pobre diablo» cometa la imprudencia de exponerse a lo que sea que se ha enseñoreado del interior.

El lector no tiene más remedio que sumarse a la huida de los protagonistas, si bien la relectura le permitirá regresar a la casa tantas veces como le dicte su capricho. Algunos hemos renovado con frecuencia la incertidumbre suscitada por este relato peculiar. Es seguro que, si el futuro no lo impide, reiteremos las visitas a los dos hermanos. También es seguro que ese ejercicio nos condena a abrigar una esperanza infructuosa, por cuanto nunca (y acaso en ello resida la razón principal de nuestro gozo) lograremos averiguar quiénes tomaron la casa ni por qué lo hicieron.

Cerca de la medianoche despertamos al asistente, que se había quedado dormido en una silla de la cocina con el periódico desplegado sobre el pecho. Los acompañé hasta la puerta. El Viejo mostraba un semblante jovial. *Qué bien hemos vuelto a beber y conversar esta noche*, dijo.

A mí me punzaba por dentro la melancolía pensando en que se habían terminado para siempre nuestras tertulias literarias de los jueves. *Disfrute de las botellas que le quedan*, añadió él; *si puede ser, en buena compañía, porque no hay cosa que corroa más el alma que el vino solitario.*

Ante la puerta abierta le tendí la mano. Fuera se había levantado algo de niebla. Él, o no vio mi mano o no la quiso estrechar, y se lanzó a darme un abrazo. *Adiós, Aramburu*, me dijo. *Adiós, Aramburu*, le contesté.